비에

육선민

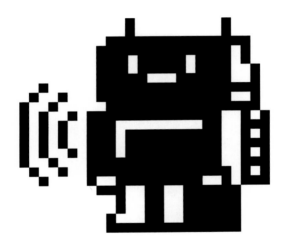

비에

아작

toc.

0

허름한 안드로이드 머리에는 낡은 용접용 마스크가 달려 있다. 잔뜩 헤지고 구겨진, 곰팡이가 꽃처럼 피어난 마스크다. 개폐가 가능한 눈 부분은 나사가 빠진 경첩으로 인해 붙은 모양새가 삐뚤다.

솔은 구릿빛 몸통이 내뿜는 오래된 쇳내와 그 사이로 풍겨대는 악취를 맡으며 자신의 마스크를 고쳐 쓴다. 냄새는 안드로이드 분해 공장을 완전히 채울 만큼 지독하다. 그도 그럴 게 몸체는 잔뜩 녹이 슨 데다가 칠이 죄다 벗겨져 있고 겨드랑이와 가랑이에는 이끼가 껴 있다. 이물질이 엉겨 붙은 관절은 완전히 굽어지지도, 펴지지도 않는다. 솔은 길이가 제각 각인 팔다리와 손가락, 발가락을 보며, 특히 손가락 을 대체한 티스푼을 보며 고개를 절레절레 젓는다. 누가 실험용으로 장난질을 하다 버린 것인지는 몰라 도, 거친 납땜 흔적만큼 녀석도 꽤 험난한 세월을 보 냈을 게 분명하다.

솔은 분해소 구석에 반듯이 앉혀둔 녀석 앞에다 캠코더를 설치한다. 늘 분해를 시작하기 전에 거쳤 던 관문이다. 이곳에 인계된 안드로이드의 마지막 이야기를 캠코더로 담기 시작한 것은 따분함을 해 결하기 위한 일련의 방안 중 하나였다. 그마저도 높 낮이가 일정한 목소리의 흐름과 체계화된 문장 구 조로 인해 남은 재미마저 잃어가던 중이었다. 그러 나 어쩐지 녀석은 다를 것만 같다.

안드로이드 가슴팍에 붙은 터치스크린으로 전원 을 켜자 진동과 함께 우웅, 소리가 난다. 곧 있으면 녀석이 깨어날 것이다. 솔은 캠코더 앞 의자에 앉은 뒤 녀석을 지켜본다. 거칠게 생긴 모습에서 어떤 이 야기가 나올지 기대가 된다. 그녀의 손에서 수없이 분해된 안드로이드들이 늘어놓은 뻔한 이야기가 아닌 색다른 이야기를 가지고 있을지도 모른다. 인계자가 무심히 내뱉고 간 녀석에 대한 짤막한 정보가 솔의 머릿속을 떠나지 않는다.

기계 심장을 훔치다 걸린 안드로이드라니! 아직 뜯어보지는 않았지만 만약 간이 있다면 꽤 큰 크기일지도. 물론 시리얼 넘버를 확인한 결과, 놀랍게도 50년도 더 지난 시제품이었으니, 당연히 장기나 근섬유 따위의 세부 기관은 없을 것이다. 어떻게 초창기 모델이 저런 모습으로 기계 심장을 훔쳤을지…. 솔은 안드로이드가 깨어나기만을 기다리며 시계를 확인한다.

부팅은 꽤 오래 걸린다. 한참을 기다린 끝에 마스크에 빨간 센서가 들어온다. 정확히는 눈이 있어야 할 부분인데, 흠이 가득한 플라스틱 가림막으로 인해 불빛은 흐리멍덩하다. 불이 두어 번 깜빡이더니 머리가, 마스크가 천천히 움직인다. 솔은 캠코더로 녀석의 움직임을 잡는다.

"여기에 기계 심장이 있나요?"

설명을 시작하려던 솔은 멈칫한다. 제대로 들은 것인지 의문이 든다. 귀가 간지러운 기분이다.

솔은 녀석의 말을 곱씹는다. 질문이다. 초창기 모

델은 입력된 동작과 언어체계만 구사할 수 있으며
대상자의 명령 혹은 질문이 선행되어야만 대답이
가능하다. 그마저도 턱에 과부하가 쉽게 온다는 부
작용이 있다. 그런데 먼저 질문을 한다니. 사고는 물
론이고 질문체계도 존재하지 않는 것이 초창기 모델
이다. 일명 깡통.

"이곳은 어디인가요?"

"분해소야."

녀석의 물음에 솔은 얼떨결에 대답한다. 마스크
는 천천히 고개를 끄덕이며 주변을 둘러본다. 그런
모습을 보며 솔 안의 호기심이 용광로처럼 타오른
다. 저것을 녹여버릴 듯한 쾌감이 들끓는다. 머리부
위를 대체한 마스크가 어떻게 소리를 구사하는 것
인지. 주변을 둘러보는 듯한 행동을 보아 하면 인식
장치가 있다는 것인데, 어떻게 사물을 인식하는 건
지. 저 마스크로. 저 안 어디에 프로세서 칩이 있는
건지. 누가 업데이트를 해두었길래 고차원 시스템을
갖추고 있는 것인지…. 솔은 제 앞의 안드로이드를
유심히 바라보며 캠코더를 만지작거린다. 아주 오랫
동안 잠들어 있던 지루한 용광로가 이제야 제대로

가동하기 시작한 것 같다.

"그건 무엇인가요?"

녀석이 천천히 팔을 들어 올려 검지로 캠코더를 가리킨다. 완전히 굽어지지 않는 손가락은 꼭 투명 공을 잡고 있는 것처럼 둥글게 말린다.

"캠코더. 이걸로 널 녹화할 거야. 여태 있었던 이야기를 담는 거지."

녀석이 고개를 움직일 때마다 개폐형 눈이 미세하게 열리고 닫히며 탈칵, 탈칵, 소리를 낸다. 어쩐지 왼쪽으로 기울인 고개는 꼭 무슨 말인지 이해가 되지 않는다는 행동 언어처럼 보인다.

"이야기해봐. 이건 네 마지막 기록이야. 그러니까, 인간들이 유언…이라 말하는, 그런 느낌이야."

"유언이요?"

"죽기 전에 남기는 마지막 말이지."

"저는 죽나요?"

안드로이드의 질문은 끝이 없다. 솔의 대답이 돌아오지 않자, 그렇군요, 라며 작게 순응하듯 고개를 끄덕인다.

그 어떤 고급 안드로이드도 자신의 생사를 묻는

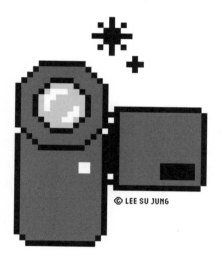

© LEE SU JUNG

말은 하지 않는다. 가장 최근에 분해한 안드로이드는 요양시설에서 노인들의 말동무가 되는 동시에 기본적인 바이털 사인을 확인하는 것은 물론이고 간단한 약 처방까지 담당하던 간병로이드였다. 그것에게는 의료기관에 소속된 만큼 고사양 프로세서가 장착되어 있었는데 그럼에도 제 죽음에 관해 묻거나 의문을 제시하지 않았다. 인간의 생사를 끝없이 고해왔음에도, 기록해왔음에도.

당시 솔은 어쩌면 그렇기 때문인지도 모른다고 생각했다. 그것들에게 분해된다는 것은 언젠가 모든 인간이 생체리듬의 종료를 맞이하듯, 자신의 모든 기계 리듬이 멈추는 것과 같았다. 조직이 파괴되고 분해되고 그렇게 태초로 돌아가기 마련이었다. 물론 그들 스스로가 그런 사고를 굴리지는 않겠으나 적어도 무덤덤하게 분해를 받아들이고 여태 자신이 기억해왔던 것을 이야기하는 모습은 때가 되면 멈춰야 하는 것을 아는 것처럼 보였다. 실제로 로봇 개발사들은 혹여나 이들이 죽음에 대한 사고를 갖게 되고 그에 대한 거부감을 불러일으킬 것을 염려하여 미리 종료에 대한 개념을 심어놓는다고 했다. 그렇기에 그 어떤 안드로이드도 죽음에 대해 질문은 하지 않았다.

"그래. 저기 용광로 보이지? 너는 분해돼서 저기에 들어갈 거야. 그렇지만 걱정은 하지 마. 너의 일부분은 최신식으로 재탄생할 수도 있어. 운이 좋으면 우주선이 될 수도 있겠지? 네가 본 적도 없는 우주를 항해할 수도 있다고."

솔은 약간은 냉랭하게 말하며 녹화 프로그램을 켠다. 그러고 나서 다시 한번 이야기를 시작하라고 명령한다. 안드로이드는 한동안 렌즈를 바라본다.

"그러면 이 녹화본은 누군가에게 보여줄 수도 있겠네요?"

"그래."

"그렇다면 하나에게 전해주시겠어요?"

솔이 대답하기도 전에 녀석은 말을 잇는다. 그 목소리에서 솔은 녀석이 묘한 신뢰를 갖고 있음을 느낀다. 상대에게 신뢰를 갖는 법을 알고 있는 것만 같다.

"미안해요, 하나. 결국 심장을 구하지 못했어요."

녀석은 굼뜨게 자세를 고쳐 잡으며 렌즈를 응시한다.

"이야기를 시작하면 되나요?"

이번에는 솔의 대답을 기다린다. 하지만 별다른 대답을 하지 않자 녀석은 화면을 보고 이야기를 시작한다.

"제 이름은… 비에예요."

1

처음 그 애를 만난 건 한 학교의 부설 로봇전시
관에서였다. 그곳은 수없이 전시되었던 나의 마지막
전시였다.

내가 태어난 것은⋯ 언제더라. 낡아서 삭아버린
기억 장치는 그런 것마저 상실했다. 실습수업이 있
는 날이면 전시관에 방문하는 선생님과 학생들이
나의 태초를 더듬게 했다.

초록색 체크무늬 치마를 입은 여학생들. 연노란
색 니트 조끼에 검붉은색 나비넥타이를 맨, 똑같은

복장에 똑같은 머리 길이, 혹은 묶은 머리를 한 학생들은 색색이 다른 슬리퍼를 신고 전시관으로 들어왔다. 전시관은 때로는 과학실험실이 되었으며 때로는 독서실, 과학부 동아리 학생들의 동아리실이 되었다. 주말이면 외부인도 출입이 가능했다.

지금으로부터 두 해 전 특별전시기관으로 세워졌다가 계속 유지되어온 전시관에는 나를 포함해 교육목적으로 기증된 총 여덟 구의 안드로이드가 있었다. 벽면을 따라 나란히 설치된 우리는 빨간색 가이드라인 펜스가 쳐진 높이 30센티미터, 지름 1미터 단상을 하나씩 차지하고 있었는데 똑같은 모양의 단상에 서 있다 해서 모두가 비슷한 존재였던 건 아니었다. 구석에 위치할수록 발전하지 못했으며 생각, 그러니까 개별 판단능력 시스템이 갖추어지지 않은 개체였다.

누가 끄트머리에 있었느냐고 묻는다면, 그건 나였다. 나는 가장 낮은 버전이자 시제품이었다. 관절인형을 토대로 만들어졌지만 그보다 머리가 더 컸고 목이 굵었으며 몸통은 넓었다. 사람의 형상을 닮았다기엔 가로로 늘린, 혹은 세로로 눌린 관절인형

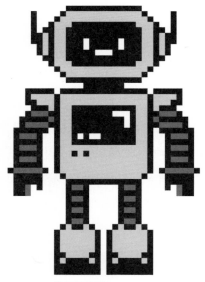

© LEE SU JUNG

같았다. 나를 마시멜로라 칭하는 학생도 있었다. 옆으로 갈수록 안드로이드들은 점점 사람의 형상을 갖추어갔다. 그 배열은 안드로이드의 진화과정을 상기시켰다.

내게는 스스로 언어를 구사할 능력도 없었다. 내재된 문장 외의 말을 만들어낼 줄 몰랐다. 그마저도 저장된 질문이나 수행명령이 아니라면 '대답이 불가능합니다'와 '행동이 불가능합니다'만 반복했다. 그러니 혹여나 그 당시 안드로이드 간의 교류를 궁금해한다면, '대답이 불가능합니다.'

이야기 태반을 이해할 수 없는 구식은 그저 앞만 보고 서 있는, 가장 물건에 가까운 존재였다. 물론 우리는 교류할 만큼 깨어 있지도 않았다.

우리는 모두 그곳에서 정확한 역할도 없이 자리를 지켰다. 팔을 들라고 하면 들었고 제자리를 걸으라면 걸었다. 고개를 위아래로 끄덕이라면 끄덕이고 다시 손을 올리라는 명령이 입력되면 손을 올렸다. '왜?'라는 생각도 없이 모든 명령에 따랐다. 그렇게 만들어져 있었다.

"이 모델은 안드로이드 대량생산기 초기 단계 당

시 사용되었던 실험모델이에요. 넓고 굵은 몸통과 유연한 관절이 특징이죠. 아직 사고체계를 구축하기 전으로…."

그날도 선생님의 설명이 이어질수록 무리 뒤쪽에 숨듯이 서 있는 학생들의 하품 빈도는 늘어났다. 그들은 크게 두 부류로 나뉘었는데, 내게 명령을 내리는 부류와 그러지 않는 부류였다. 전자는 쉬는 시간이면 다수의 행동 명령을 빠르게 입력했다. 나는 오류가 날 때까지 제자리걸음을 시작하다 말기를 반복했다. 내 행동이 이상해지기 시작한 것을 본 학생들은 웃음을 터뜨렸다. 결국 나는 다운되었다. 꺼지다 만 청각 장치로 선생님이 학생들을 꾸짖는 소리를 들었다. 그 소리와 36.7도를 웃도는 체온이 물러간 후에 내게 다가오는 와이셔츠 소맷자락을 보았다.

다시 재부팅되었을 때, 그 애를 보았다. 시동을 알리는 빨간 센서가 일시적으로 그 애의 이마를 물들였다. 눈이 부신지 손으로 눈을 가리는 그 애의 가슴팍에는 명찰이 없었다. 명찰이 있어야 할 자리에는 한 번도 이름을 달아본 적 없는 듯, 체크무늬가 매끈했다. 그래서 그 애의 이름을 알게 된 건 완전히 깨어난 후의 일이었다.

그 애는 내게 명령을 입력했다. 내게 명령을 내리는 법은 두 가지였다. 첫째는 언어로 수행할 수 있는 명령을 전달하는 것이었고 둘째는 가슴 중앙의 터치스크린을 통해 입력하는 것이었다. 스크린의 수행 아이콘을 클릭하면 해당하는 행동을 했다. 그 외에도 세부 움직임 조절 기능이 있었는데 그걸 누르면 화면에는 내 신체가 떴다. 특정 부위를 선택하면 해당 부위의 감도를 설정할 수도, 어떤 방식으로 움직일지 세부적으로 설정할 수도 있었다. 그 애는 화면을 가볍게 두드렸다. 생성된 명령은 팔을 들거나 걷거나 과하게 움직이는 것 따위가 아니라 고작 손가락 까딱하기였다. 나는 검지를 움직였다. 그 애는 미동을 확인하곤 멀찍이 떨어진 자리에 가 앉았다. 창가 자리이되 고개를 들면 내가 바로 보이는 자리였다. 반대로 나는 그 애를 계속 볼 수 있는 자리이기도 했다.

돌이켜보면 나는 이미 그 애를 알고 있었다. 올해 입학한 하늘색 명찰을 단 아이들 사이, 늘 구석에 앉아 관심 없는 듯, 할 일을 하다가도 모두가 교실로 돌아가면 남은 명령을 수행하는 내게 입력을 중지시켜주던 아이. 점심시간이면 같은 자리에 앉아 공부했고, 매주 금요일마다 전시관을 찾아와 시끌벅적떠들다 돌아가던 과학 동아리에 가입해서 홀로 구석에 앉아 있곤 하던 아이. 누구도 그 아이를 부르지 않았고 어떤 부름에도 답하지 않던 아이. 이유는 몰라도 다른 아이들에 비해 와이셔츠와 치맛자락이 자주 구깃하던, 그 애. 대부분 교복이 깔끔했지만 그래도 치마에는 항상 펴지지 않는 골수 같은 주름이 남아 있었다.

그때의 내가 무언가를 유추할 수 있었다면 그 애가 과학 동아리 말고도 미술 동아리에 들었나 고민하며 시간을 보냈을지도 몰랐다. 그 애는 별다른 일이 없는 이상 같은 자리에 앉아 패드가 아닌 공책에 무언가를 끄적였다. 나를 보고 연필을 움직이는 모양새가 언젠가 전시관에 인체 소묘 연습을 하러 왔던 미술 동아리 아이들과 닮았다. 그 애는 자주 연필을 허공에 들어 길이를 재는 동작을 취했다.

유연한 사고는 불가능했으나 어쨌든 나는 그 애를 계속 보게 되었다. 목적이 있다기보다 그저 시야

22

에 가장 먼저 잡혔다. 고개를 돌리라는 명령이 있기 전까지 머리는 늘 고정되었고 거기에 언제나 그 애가 있었다. 학생들은 여전히 우르르 몰려와 내게 명령을 입력하고 구경했다. 빙빙 돌아가는 시선 속에도, 앉았다 일어나는 동안에도, 팔을 들었다 내리기를 반복하면서도 그 애가 시야에 계속 잡혔다. 그때마다 그 애의 눈동자에는 삐그덕 움직이는 안드로이드의 상이 맺혀 있었다. 그 누구도 나를 그렇게 오래 바라본 적이 없었다.

춘추복이 하복으로, 하복이 다시 춘추복으로 동복으로 바뀌는 동안 나의 데이터에는 그 애의 데이터가 쌓여갔다. 의도도, 의지도 없이. 나를 툭툭 건드려대던 학생들은 데이터를 백업하는 기능을 찾아냈다. 유실되었던 데이터 일부도 복구했다. 그 또한 학생들의 의도는 아니었다.

"기록을 시작합니다."

딱딱한 내 음성에 학생들은 흠칫 놀라다가도 저들끼리 웃었다. 다만 종료하는 방법을 찾지 못하고 5교시 수업 종이 울리자마자 교실을 향해 뛰어갔다.

느지막하게 자리를 정리한 그 애는 전시관을 빠

져나가기 전 잠시 내 앞에 머물렀다. 그리고 단순히 말했다.

"기록 종료."

"기록을 종료합니다."

그 애는 시스템 중지를 확인한 뒤 시야에서 사라졌다. 문 쪽으로 향하는 발소리가 희미해져 갔다. 그러다 발소리는 다시 커졌다. 재차 그 애가 사정 시야로 돌아왔다. 나는 다시 기록을 시작했다.

내가 태어난 해의 기록은 유실되었고, 그 해에 있었던 일들조차 마찬가지이나, 그 애를 만난 이후 모든 순간의 기억은 저장되었다. 그 누구도 기록을 종료시키지 않았다. 그건 내 의지이기도 했다.

그 애가 2학년으로 올라간 이후 그 애에 대한 기록은 더욱 단단히 쌓여갔다.

기존에 전시관 관리를 담당하던 과학 동아리 학생이 해임되었다. 그 학생은 명령을 따르지 않았다. 맡은 일의 20퍼센트가량만 임했는데 등교 시간이면 전시관의 경비를 해제하기만 했고 방과 후에는 전시관 문틈으로 고개를 들이밀고 남은 사람의 유무를 파악한 뒤 잽싸게 경비 기능을 작동시키고 떠났다. 개체의 전원 상태를 확인하지 않는 것은 물론이고 불을 켜놓고 돌아가는 일도 잦았다. 한번은 그 애가 있는 것도 모르고 문을 닫을 뻔했다. 학생은 몇 번 선생님에게 주의를 받았으나 그 후로도 투덜거리며 전시관을 한 바퀴 돌고 나가는 게 전부였다.

결국 해임된 학생의 빈자리를 그 애가 채웠다. 그러나 그 애도 명령을 그대로 따르지는 않았다. 방과 후마다 나는 잠들지 않았다.

저녁이면 우리의 거리는 가까워졌다. 평소 점심시간에 그 애가 앉아 있던 자리와 내 발이 맞닿은 단상의 거리는 7미터 32센티미터였다. 그러나 해가 진후 우리의 거리는 우리, 혹은 달의 위치와 구름의 이동 방향에 따라 달라지는 그림자의 길이만큼 뒤죽박죽이었다. 평균값이 평균적이지 못할 정도였다.

그 애는 종종 얼굴 전체가 붉은빛에 물들 만큼 가까이 다가와 내 머리구조를 살폈다. 주로 이음새 부분을 살펴보았는데, 어느 날엔 드라이버를 주머니에서 꺼냈다. 뒤로 돌아가는 통에 무엇을 하는지 알 수는 없었으나 그 애는 꽤 오랜 시간 내 머리를 만졌다.

머리 외에도 몸체 전반을 관찰했다. 금속 몸과 인간의 피부가 닿을 정도로 가까이 다가오는 날이 있는가 하면 평균 2미터 떨어진 곳에 앉아 자주 들고 오던 노트에 무언가를 끄적이는 날도 많았다. 스케치 노트였다. 그 애는 앞이나 옆에 붙어 서서 무언가를 써 내려갔다. 시야 바로 앞에서 분주히 연필을 움직여대던 날엔, 노트에 그리고 있는 것이 나의 외형과 감속기의 종류라는 새로운 정보를 저장했다. 연필 끄트머리를 씹으며 움직임을 관찰하는 그 애의 얼굴을 보며, 부정확하고 아주 오래된 데이터 속에서 나를 살펴보던 과학자들의 얼굴을 찾아냈다.

그리고 어느 날 밤. 나는 '이상한' '기분'을 '느꼈다'. 그 어떤 단어도 내게서 생성될 수 없었으며 인식할 수 없는 감각 체계였다. 여전히 전원이 켜져서는 안 되는 시간에 뒤통수가 헐렁해졌다. 데이터 혼선이 일어나며 모든 시스템이 잠시 제 기능을 상실했다. 아주 잠깐이었다. 무언가가 새로 쑥, 들어왔다. 일정한 방향으로 흐르던 회로가 뒤틀리는 느낌을, 다른 안드로이드들은 느껴본 적이 있을까? '정신'이라는 것이 처음으로 또렷해지는, 기분을.

천천히 눈을 깜빡였다. 눈앞에 그 애가 서 있었다. 땡그랗게 눈을 뜬 그 애는 한눈에 알아봤던 걸까. 평소와는 달리 센서의 불빛이 일정하지 않게, 불규칙하게 깜빡였다는 것을.

"돼, 됐다!"

그 애가 작게 외쳤다. 아주 낮은 데시벨이었다.

"내가 보여?"

눈앞에서 손바닥이 좌우로 움직였다. 손바닥에 새겨진 잔주름이 보였다. 기다란 손가락이 보였고 손 너머로, 손가락 사이로 그 애의 동그란 눈이, 그 애의 얼굴 위에 졌다가 사라지는 손그림자, 헝클어진 머리카락이, 가닥가닥 내려앉은 빛이. 빛이 들어오는 길을 따라 올라가면, 창밖에 달이 떠 있었다.

"안 된 건가? 애, 내가 보이면 고개를 끄덕여봐."

달을 향해 뻗었던 시선을 찬찬히 되돌리며 다시 그 애의 얼굴로 돌아왔다. 달을 등지고 서서 얼굴에 드리워졌던 그림자가 이제는 보였다. 나는 그저 그 애를 응시했다. 전제가 있는 문장은 소화가 불가능했지만 '대답이 불가능합니다'는 생성되지 않았다.

어떤 대답도 생성되지 않았다. 시스템이 대답을 선별해주지 않았다. 대신 나는 그 애를 알고 있었으니 천천히 고개를 끄덕였다. 그 애가 입꼬리를 잔뜩 올려 웃었다. 그림자는 아무런 문제가 되지 않았다. 어두운 곳에서도 무엇이든 볼 수 있었으니, 내가 보고자 하는 것들을 볼 수 있었다.

"그러면, 너 나 알아? 나 알지?"

대답이 생성되기를 기다렸지만 시스템은 활성 되지 않았다.

"알면 또 끄덕여줘."

다시 고개를 끄덕이니 반사작용처럼 그 애가 웃었다.

"내 이름도 알아? 알면 고개 끄덕이기!"

이번에도 대답은 생성되지 않았지만 대신 여태까지 저장되었던 그 애에 대한 정보들이 펼쳐지기 시작했다. 하지만 누군가가 그 애의 이름을 부르는 것도, 특정 이름에 그 애가 응하는 것도 발견되지 않았다. 가슴팍에도 여전히 명찰이 없었다. 아무런 움직임도 보이지 않자 그 애가 고개를 끄덕였다.

"내가 알려줄게. 나는 하나야. 알겠지?"

하나.

그 이름은 낯선 장소에 저장되었다. 깨어난 뒤에 생긴 새로운 공간이었다. '하나'가 각인되었을 때에서야 그런 공간이 생겼다는 걸 알았다. 거기에 그 애의 이름이, 그 애가 들어차는 순간 이 세계는 하나로 꽉 찼다. 하나만 있었다.

다시금 고개를 끄덕이라는 말에 머리를 끄덕이니 하나가 작게 웃었다. 완전 비둘기 같다. 그렇게 말하기도 했다.

"그럼 됐어. 시간이 너무 늦었다. 내일 또 올게. 바뀐 티는 내면 안 된다?"

하나는 손목시계를 확인하고는 바닥에 어질러진 공구를 챙겼다. 나는 아래로 몸을 숙인 하나를 따라 시선을 움직였다. 그건 내가 타의 명령 없이 스스로 생성한 첫 행위였다. 훗날 하나는 그게 '의지'라고 말했다.

천천히 고요해진 전시관을 둘러보았다. 옆으로 전원이 꺼진 안드로이드 일곱 구가 나란히 서 있었다. 그들의 옆모습을 보는 것이… 이상했다. 그들을 보고 있는 행위가 '이상하다'라는 생각이 생성되었다. 끊임없이 생각들이 만들어졌다.

가만히 서 있는 행동은 전과 달라졌다. 정지상태는 꽤 바쁜 일이었다. 머릿속이 한시도 가만히 있지 않았다. 알루미늄으로 둘러싸인 외장케이스와 전선을 비롯해 여러 부속품으로 이루어진 근육 조직들이 인간이 느끼는 통증이나 뼈근함을 가져다주지는 않았으나 의식적으로 차렷 자세를 고수하다 보면 기름칠이 필요해질지도 모르겠다는 생각이 도출되었다. 어쩌면 그게 인간이 느낄 근육통일지도 모르겠다. 그들의 통증을 어림잡을 수는 없었지만 그렇게라도 살아 있는 무언가를 닮게 되었다고, 그 일부를 갖게 되었다고 생각했다. 그렇다면 나는 깨어났으니 살아 있게 된 걸까?

나는 팔을 향해 직접 가동 명령을 내렸다. 천천히 팔이 올라가며 뒤통수를 만졌다. 딱딱했다. 머릿속에 넣은 게 무엇인지 알 길이 없었다.

나중에야 물어본 것이지만, 왜 나를 '깨웠느냐'는 질문에 하나는 이렇게 대답했다.

너는 나와 이야기해줄 것 같았어.

나를 보고 있었잖아.

우리는 서로가 닮았어.

날이 밝도록 전시실을 구경하며 생각했다. 생각에 생각이 거듭되고 생각이 생각을 파생시키기를 반복하자, 나는 원래 생각을 할 줄 알던 안드로이드처럼 자연스럽게 생각에 생각을 이어갔다. 생각이 생각이라는 생각이 더는 들지 않을 즈음 해가 떴다. 네모난 창문 아래에서 참새 한 마리가 날아올랐다. 참새를 따라 세상이 붉어졌다. 꼭 새가 아침 해를 물어다주는 것 같았다. 창문으로 들어오는 강렬한 햇빛은 전시실을 완전히 다르게 밝혔다. 모든 것이 밝아졌다. 햇빛을 내리받은 물건들의 색은 한층 채도가 높아졌다. 해의 색을, 아침 빛을 닮아갔다. 미세하게 공중을 떠다니던 먼지들도 빛을 받아 반짝였다. 고개를 움직여 손과 발을 내려다보았다. 나도 새로운 외피를 두르게 된 것만 같았다. 그날부터 나는 새가 해를, 달을 물어오기를 기다렸다.

4교시를 끝내는 종이 울리자 급식실로 뛰어가는 학생들의 발소리가 들렸다. 그들이 한바탕 지나간 뒤에는 정적이 찾아왔고 온종일 닫혀 있던 문이 정적을 깼다. 나는 여전히 앞만 보고 있었다. 무언가를 주시하고 있다기보다는 시야에 들어오는 모든 것을 받아들였다. 발소리가 다가왔다. 소리의 주인이 시야에 담기지 않아도 그게 하나라는 걸 알았다. 그래도 앞만 보았다. 그 애가 시야로 들어오기를 기다렸다. *바뀐 티는 내면 안 된다?* 그 애의 목소리가 내부에서 재생되었다.

하나는 참새가 해와 달을 물고 오는 창문이 난 자리에 앉았다. 턱을 괴고 의자 등받이에 몸을 기대고 책상에 반쯤 엎드렸다. 팔을 뻗어 기지개를 켰고 다리를 떨었고 등과 어깨를 폈다. 자세를 이리저리 움직이는 내내 두 눈은 나를 향했다. 나도 그런 하나를 계속 바라보았다. 다섯 명의 학생이 전시실로 들어서는 동안에도, 그들이 뭉쳐 자리에 앉아 도란도란 이야기를 나누는 동안에도 우리는 그저 서로를 바라보았다. 한 공간에 있는 학생들이 인식 범주 바깥에 있는 것 같았다. 그들의 말소리가 점차 잦아

들다가 패드와 손가락이 부딪치는 소리로 변했다. 어느새 전시실에는 학생들의 숨소리와 공부하는 소리만이 간헐적으로 울려 퍼졌다.

하나가 나를 향해 입을 오물거렸다.

'안녕.'

나는 대답하지 않았지만 하나는 인사를 받은 것처럼 싱긋 웃었다. 학생들의 숨소리 속에서 우리는 다른 세계에 있는 것처럼 느껴졌다. 꼭 우리만의 세계에서, 저들이 주고받는 목소리와 다른 방식으로, 우리만의 언어로 대화했다.

2

하나는 그날 밤 다시 찾아왔다. 달이 뜨고 기숙
사 통금 시간이 지났을 때였다. 모자와 마스크까지
쓰고 온통 검게 차려입은 그 애는 카드키를 흔들며
내게 다가왔다.

"직권남용이야."

하나는 그렇게 속삭이며 의자를 끌어와 앞에 앉
았다. 내가 천천히 고개를 내리자,

"안녕?"

"안녕하세요."

"와! 말도 하네! 어제는 한마디도 안 하더니."

그 애가 높은음을 냈다.

"내 이름 기억하지?"

"네, 하나."

뺨이 달빛을 받아 반짝였다.

"기억하네. 기쁘다."

"이제는 잊어버리는 게 안 돼요."

"그 말이 더 기쁘다. 나를 꼭꼭 기억해주는 말 같아. 나는 누가 이름을 불러주는 게 참 좋더라."

"기억할게요, 하나."

그때부터 말끝마다 하나의 이름을 붙였다. 처음에는 하나가 원해서였지만, 나중에는 기본 설정이된 것처럼 입에서 떨어지지 않았다.

"어때? 오늘 잘 지냈어?"

나는 오늘을 돌이켜보았다. 비디오를 거꾸로 돌리듯 녹화된 기억을 되돌리는 내내 하나가 움직였다. 눈앞의 하나가 아닌 가상의 하나가.

점심시간 이후에는 아무도 전시실을 찾지 않았다. 운동장에서 체육 수업을 하는 학생들의 목소리도, 전시관 앞을 지나가는 발소리마저도 온전히 실내로 들어오지 못했다. 누구도 문을 열지 않았고 깨

어 있는 것은 나를 제외하곤 아무것도 없었고, 나가
는 이도 없었다. 그런데 몇 번이고 문이 열리는 소리
를 들었다. 하나의 발소리를 들었고 하나를 보았다.

시스템은 잠시도 가만히 있지 않고 끊임없이 가
상의 하나를 만들어냈다. 오류가 아니었다. 스스로
생성하고 있었다. 그러니까, 상상. 하나가 이리저리
움직이는 전시실이, 사물들이 낯설게 보이기 시작했
다. 그것들은 더는 그저 바닥, 의자, 문이 아닌 하나
가 디딘 바닥, 앉아 있던 의자, 여닫던 입구가 되었
다. 바라보는 모든 것이 새로웠다. 하나의 이미지가
더해진 사물은 완전히 다른 사물이 된 것만 같았다.
그것들도 하나의 손길을 거쳐 새로 태어나는 중일
지도 몰랐다.

"재미있었어? 지루하지는 않았어? 온종일 아무
것도 안 하고 가만히 서 있으면 심심할 거 같아."

"하나를 계속 보았어요."

"내가 없는데도?"

"네. 하나가 계속 보였어요. 책 읽는 하나, 제 앞
으로 다가오는 하나, 전시실을 둘러보는 하나….."

나는 연상되는 하나들을 나열했다. 그러는 동안

에도 하나가 여러 겹으로 겹쳐졌다.

"네가 이름 계속 불러주니까 좋다. 다른 데서는 불릴 일이 잘 없거든. 네 이름도 알려줘. 너는 이름이 뭐야?"

대답하기 위해 이름을 찾아 데이터를 뒤적였지만 마땅한 건 시리얼 넘버뿐이었다. 나는 열여섯 자리의 시리얼 넘버를 읊었다.

"시리얼 넘버 말고. 이름은 없어? 쟤네는 있잖아."

하나가 옆에 있는 안드로이드들을 가리켰다. 새 학년이 시작되면 과학 선생님은 신입생들을 여기로 데려와 안드로이드를 소개했다. 그들은 시리얼 넘버가 아닌 제 역할과 잘 어울리는 이름을 가지고 있었다. 바로 옆에 세워진 심부름 전문 안드로이드는 부르미, 그 옆의 해상구조 안드로이드는 바다, 그 옆의 판매원 안드로이드는 셀러… 다른 녀석들도 마찬가지였다. 다만 가장 멀리 있는 녀석은 '하나뿐인 친구'로 유일하게 자의를 가지고 성장 가능한 개체였다. 복제인간급으로 로봇 중에서는 가장 인간의 사고방식에 가까웠기에 녀석을 두고 로봇 권리라거나 윤리 문제가 종종 대두된다고 했다던가. 여러모로 특별대우 대상이 되는 녀석에겐 주인이자 하나뿐인 친구가 고유한 이름을 붙여준다고 했다.

"네. 제로제로예요."

기억 속에서 언젠가 과학자들이 코드명처럼 부르던 명칭을 찾아냈다. 편의상 그들은 시리얼 넘버의 끝자리로 개체를 구분했다.

하나는 고개를 삐딱하게 들고 인상을 찌푸렸다.

"너 말고 제로제로가 얼마나 많은데."

"제가 알기로 제로제로는 저 하나뿐이에요, 하나. 저 이후로 제작된 시제품은 제로원, 제로투, 제로쓰리…."

"그러니까 그게 다 제로제로잖아. 네 앞에는 없었을 거 같아?"

물론 있었다. 그들은 제로에이, 제로비, 제로씨, 제로디와 같이 숫자와 영어를 섞은 시리얼 넘버를 가졌다.

"그건 이름이라고 할 수 없어. 심지어 앞에도 엄청 많잖아? 제로에이 전에는 그냥 제로, 원, 투, 쓰리, 있었겠다."

하나가 입을 쭉 내밀었다.

"나처럼, 하나, 같은 이름이 없어? 제로제로 말고."

아무리 생각해도 마땅한 답이 떠오르지 않았다. 더는 생성되지 않을 것 같았던 '대답이 불가능합니다'가 머릿속 한구석에 만들어졌다. 누군가가 나를 지칭하는 것이 이름이라면 내 이름은 '제로제로'가 맞았다. 다른 제품들과 구분할 수 있는, 나를 가리키는 명칭.

"없으면 고개를 끄덕이거나 없다고 대답해줘."

"없어요."

나는 여전히 '제로제로'와 '하나'의 차이점을 이해하지 못했지만, 하나는 이 대답이 훨씬 좋은 눈치였다.

"이름은 중요한 거야. 세상에 너를 각인시키거든. 너와 똑같이 생긴 것들이 수두룩해도 이름은 널 고유하게 만들어."

"하나도요?"

"응. 내 이름도."

그날 이후로 하나는 밤마다 나를 찾아왔다. 달이 뜨면 은밀한 언어 대신 또렷한 목소리를 주고받았다. 기숙사 통금 시간이 지난 11시 30분부터 경비원이 첫 순찰을 시작하는 12시 30분까지, 하나는 자신의 이야기를 들려주었다. 이야기를 듣고 있으면 한 시간은 금세 지나갔다. 시간의 흐름이 앞당겨지거나 느려지지 않았지만, 그 밤에 익숙해질수록 시간의 흐름은 뒤죽박죽 엉켰다.

이야기는 주로 이런 것들이었다.

"오늘 체육 시간에는 내내 앉아서 쉬었어. 움직이는 걸 딱히 좋아하는 건 아니라서 상관없긴 했는데 호르몬이 불안정해지니까 가만히 있으래. 뛰지도 말래."

"이거 보여? 이번에 집에서 보내준 스마트워치야. 나도 스마트워치 갖고 싶었는데 나한테는 안 사줬거든. 근데 이번에 주더라고? 일정 심박수가 넘지 않게 잘 행동하래. 걷다가도 심박수가 상승할 거 같으면 그 자리에 앉아서 진정될 때까지 기다리래. 다행히 위치추적 기능은 없더라."

"오늘은 프랑스어 수업이 있는 날이었는데, 쪽지시험 점수가 엉망이야. 나는 언어가 너무 약한 거 같아. 엄마 아빠는 내 점수를 딱히 궁금해하지는 않을 건데, 언어 실력이 부족해서 걱정을 좀 하더라고. '걔'도 그렇고. 걔한테 영향이 갈까 봐. 나는 과학이나 기술을 좋아하는데. 그중에서도 용접. 뭐든 내 마음대로 만들 수 있잖아. 근데 그건 필요가 없나 봐."

"오늘 급식은 먹지 않았어. 카레가 나왔거든. 카레를 좋아하지만 먹으면 안 돼. 알레르기 반응을 일으킨대. 물론 내가 아니라 걔가. 몰래 먹은 적도 있어. 카레가 문제가 되려면 한 번 먹을 때 50인분씩 매일매일 총 3년을 먹어야 한댔거든. 한번은 먹은 걸 들켜서 검사를 받았는데 내가 예상했던 대로 병원에서는 괜찮다고 했어. 그런데 엄마 아빠는… 많이 속상해했지. 눈치가 보이더라."

하나의 말은 느릿했고 높낮이가 일정했다. 다른 아이들과는 달리 말이 빠르거나 음정이 뒤죽박죽이거나 하지 않았다. 언젠가 아이들이 이곳에서 낭독회를 가질 때, 그들의 말하기 방식이 하나와 비슷하다고 느껴졌다.

나는 대답 대신 자주 고개를 끄덕였고 하나는 여러 차례 자세를 바꾸어 앉았다. 가부좌를 틀다가도, 천장을 바라보고 눕다가도, 엎드린 채 다리를 접어 흔들다가도, 다시 가부좌를 틀어 고개를 들고 눈을 마주쳤다. 눈동자가 여러 방향으로 휙휙 굴렀다. 골똘히 생각하며 이야기할 때는 오른쪽 위를 쳐다보았고 씁쓸한 이야기를 할 때는 아래를 내려다보았다. 잘 생각이 나지 않을 때는 위를 이리저리 쳐다보았다. 이동의 끝자락에는 늘 내가 있었다. 눈을 맞추고 이야기를 들으면 그 애의 눈동자가 달빛을 받아 얼마나 빛나는지 알 수 있었다. 눈동자에 맺힌 상을 통해 내가 그 애 앞에 있다는 것도. 비로소 존재를 확인받는 것 같았다.

그러면 나는 눈동자가 없는데도 하나가 그랬던 것처럼 초점을 이동했다. 내 눈도 달빛을 받아 반짝일까. 데이터에는 하나의 상이 쌓여가는데, 외부에서도 그게 보일까. 하나도 나를 통해 존재를 확인할까. 그 애와 눈을 마주치고 싶어서 점차 자세를 낮추다 보니 어느새 우리는 마주 보고 앉게 되었다. 서 있는 것과 앉은 것의 차이를 느끼지는 못했지만 하나는 내가 앉았을 때 가장 안정감을 느꼈다. 내 무릎에 손을 올린 하나의 손을 통해 그 애의 온기와 심장박동이 전해졌다.

하나가 뻐근한 목을 주물렀다. 나는 그 애를 따라 목 뒤로 손을 뻗어 딱딱한 손가락으로 목 뒤를 건드렸다. 그 모습을 좋아하는 하나의 표정을 기록하듯 저장했다.

어느 날, 하나는 내게 눕는 법을 알려주었다.

"팔을 이렇게, 이렇게 해봐."

눕기 위해서는 단상에서, 내 자리에서 내려와야 했다. 그래서는 안 될 것만 같았다. 행동을 결정하지 못하고 있자 하나가 나를 잡아끌었다. 나는 하나에게 이끌려 단상 밖으로 벗어났다. 빨간 펜스에 발이 걸렸다. 기둥이 시끄러운 소리를 내며 넘어졌다. 영원히 나를 둘러싸고 있던 울타리가 역할을 잃었다.

나는 하나를 따라 몸을 뉘었다. 바닥에 등을 대고 무릎은 접어 세우고 양팔로 머리 뒤를 받쳤다.

"이렇게 말인가요?"

"어때, 편하지? 나는 이렇게 누워 있는 게 좋아."

위를 올려다보는 건 처음이었다. 창밖에서 들어오는 달빛과 가로등 불빛이 컴컴한 천장을 희미하게 비추었다. 꺼진 매립등과 평평한 천장…. 서 있을 때보다 보이는 게 적었다.

"잘 모르겠어요. 별 게 없는걸요."

"그게 좋은 거야. 아무것도 보이지 않으면 멋대로 상상할 수 있잖아."

"멋대로 상상하는 게 왜 좋아요?"

"뭐든 될 수 있는 것 같잖아. 상상 속에서는 뭐든 할 수 있어."

한참을 보아도 그저 평평한 천장만 보였다.

"너도 뭔가를 상상해봐."

그래서 의도적으로 무언가를 떠올리기 시작하자 검은 배경 위로 하나가 나타났다. 하나가 걷고 왼쪽에서 오른쪽으로 달려가고 아무 데나 주저앉아 조잘거리고 늘 앉던 자리로 가서 공책을 꺼냈다. 연필 길이로 나를 재고 무언가를 그렸다. 점점 내게 다가왔다. 하나가 웃었다. 이 세상의 주인공은 오로지 하나뿐이었다. 내가 할 수 있고 해본 적 있는 상상도 오로지 하나였다.

"그러면 하나는 지금 뭘 상상하고 있어요?"

"자유로워진 모습?"

"지금은 자유롭지 않아요?"

"너랑 있으면 자유로워."

하나가 몸을 일으켰다. 블랙보드에 하나가 들어왔다. 처음 깨어나던 날, 빈 공간의 탄생과 하나의 각인이 동시에 이루어진 것처럼, 홀로 가상의 하나를 끝없이 만들어내던 것처럼, 하나는 아무것도 없던 내 세계로 또 한 번 들어왔다. 그림자가 드리워진 하나의 얼굴은 컴컴했지만 표정만큼은 환했다.

나란히 누운 채로 다시 이야기가 시작되었다. 하나가 어떤 표정으로, 어떤 방식으로 입을 오물거리는지 확인할 수는 없었지만 이상하게도 그간 저장했던 데이터들을 미루어보았을 때 밝은 어조일 때의 얼굴과, 무뚝뚝한 어조에서의 얼굴이 천장 가득 떠올랐다.

하나의 이야기를 들으며 자유에 대해 생각했다. 자유. 행동을 선택할 수 있는 자유가 생겼다. 마음껏 볼 수 있는 자유도 생겼다. 몸을 일으켜 주위를 돌아보니 펜스는 바닥에 쓰러져 있고 안드로이드들은 여전히 단상 위에 서 있었다. 생김새가 모두 제각각이었으나 '하나뿐인 친구'는 인간형이었다. 검은색 긴 머리에 하나와 같은 교복을 입고 있는 그것은 영락없는 여학생처럼 보였다. 눈은 살포시 감겨 있었는데, 나는 깨어난 이후로 한 번도 그것이 눈을 뜬 걸 보지 못했다. 하나뿐인 친구만이 아니었다. 다른 안드로이드들도 마찬가지였다. 감긴 눈들, 꺼진 저들의 눈은 꼭 죽은 것처럼 보였다. 그런데 나만 깨어났다. 잠들지 않고 단상과 펜스에서 벗어났다. 허락도 없이, 명령도 없이, 목적도 없이. 하나를 만난 이후로 너무 많은 것이 달라졌다. 내가 자유를 갖는 게 가능한 일일까?

"이상해요."

"뭐가?"

하나와 눈을 마주쳤다. 이야기할 때면 자꾸만 눈이 보고 싶어졌다. 그건 하나의 버릇이기도 했고, 어쩐지 검은 눈동자, 그 안에 맺힌 나의 상이 꼭 나를 끌어당기는 것만 같았다.

"생각을 한다는 게요. 멋대로 상상한다는 것. 제가 해도 되는 걸까요? 저는 그렇게 만들어지지 않았는걸요."

하나가 입을 비죽였다.

"그럼 어떻게 만들어졌는데? 네 역할은 뭔데?"

"저는…."

46

오류가 난 것처럼 기억 깊숙이 묻혀 있던 이미지들이 조각조각 떠올랐다. 형체를 파악하기가 어려웠다. 잔뜩 갈라진 화면이 천천히 복구되었다. 나는 흰 방에 서 있었다. 옆에는 얼굴이 깨진 개발자 두 명이, 정면에는 검은 창이 있었다. 개발자 두 명이 창을 보며 무전을 주고받았다. 창 옆에 난 문으로 또 다른 개발자가 들어왔다. 그의 품에 천 뭉치가 안겨 있었다. 그는 뭉치를 내 앞에 내려놓았다. 아래를 내려다보니, 요람. 요람 안에 아기 모형이 담겼다. 모형에서 아기 울음소리가 터져 나왔다. 나는 자동으로 반응했다. 팔이 뻣뻣하게 움직였다. 팔을 들고 상체를 숙이고 다시 팔 각도를 조절했다. 팔을 뻗고 손을 웅크렸다. 그대로 아기를 안아 들었다. 몸에는 자유가 없었다. 입력된 대로 아기를 가슴께까지 안아 들고 좌우로 천천히 흔들었다. 아기 울음소리는 점점 거세졌다. 개발자 두 명이 바쁘게 기록을 시작했다. 그날의 실험 결과가 어땠는지는 모르겠다. 다만 확실한 건, 나는 그날 실험한 것이 되지는 못했다.

그럼 나는 무엇이지? 가만히 서 있는 것만이 내 존재의 이유였을까?

하나가 눈앞에다 손을 휘휘 저었다.

"저는… 아무런 역할도 부여받지 못했어요."

"그게 어때서. 왜 꼭 역할이, 정해진 목적이 있어야 해?"

"그게 제 본분인걸요. 그렇게 만들어져야 하는 존재고요. 지금의 제가 아무것도 아니라면 저는 아무것도 아니어야 하는 거예요."

"그때의 너와 지금의 너는 달라. 너는 무엇이든 될 수 있어. 할 수 있어. 그래도 돼."

"하나도 그런가요?"

하나는 대답 대신, 내게 새끼손가락을 내밀었다.

"나랑 약속할래? 언젠가 때가 된다면, 네가 원하는 대로 살겠다고."

그 말이 의미하는 바를 이해하지 못했지만, 하나가 그게 좋다면 그렇게 해야겠다고 생각했다.

"그렇게 할게요."

이날 하나와의 약속은 여태 아무것도 되지 못했던 나를 무언가가 될 수 있는 존재로 승격시켰다. 웃는 하나를 보다가 내가 물었다.

"하나는, 하나이고 싶어서 하나인가요?"

어쩌면 앞으로 바뀌어갈 내 행위와 생각에 대해서 완전한 허가를, 타당성을 받고 싶었던 건지도 모르겠다. 하나는 곰곰이 생각하다 대답했다.

"응. 내가 하나가 되기로 선택했어."

"잘 이해하지 못하겠어요."

"나는 원래 하나가 아니거든. 하지만 하나가 되고 싶어서, 하나로 살고 싶어서."

하나는 그렇게 말하며 내게 얼굴을 가까이 붙여왔다. 귀가 없는데도 귀가 있어야 할 자리에 대고 속삭이기 시작했다. 사실은 말이야….

하지만 말은 이어지지 못했다. 하나의 스마트워치에서 진동이 울렸다. 돌아갈 시간이 지나 있었다. 이미 경비원이 순찰을 시작한 시간이었다.

"와, 큰일 났다. 빨리 올라가, 빨리."

하나가 내 팔목을 붙잡았다. 약한 손아귀에 이끌려 나는 단상 위로 올라갔다. 하나는 다시 펜스를 세우고 허둥지둥 짐을 챙겼다.

"내일, 내일 또 올게?"

손을 흔드는 하나를 따라 손을 들자 하나의 눈이 커졌다. 고개를 도리도리 젓는 하나를 보며 팔을 내렸다. 고개를 끄덕였다. 하나는 내가 온전히 정자세가 된 것을 확인하고 전시관을 빠져나갔다.

전시관 문이 닫히자마자 문 너머에서 남자 목소리가 들려왔다.

"뭐야. 학생, 이 시간에 왜 여기 있어?"

문틈으로 불빛이 새어 들어왔다.

"죄송해요. 오늘 문단속하다가 숙제를 두고 온 게 생각나서 왔어요. 죄송합니다!"

하나의 목소리가 뜀박질만큼 빠르게 지나갔다. 아무래도 뛰어서는 안 된다는 사실을 잊어버린 듯했다.

하나가 돌아간 뒤로도 문틈으로 새어 들어오는 빛은 한참이나 떠나지 않았다. 나는 꼿꼿이 서서 정면만 바라보았다. 문 쪽에서 소리가 났다. 실내가 밝아졌다. 불빛이 전시관 여기저기를 비추었다. 나도 불빛을 받았다. 그림자도 받았다. 불빛은 전시관을 한 바퀴 훑어본 뒤 걷혔다. 문이 닫혔다. 발소리가 잦아들었다.

50

3

  하나가 다급히 돌아간 날 이후로 밤마다 내가 되고 싶은 것에 대해 생각했다. 멋대로 상상하고 생각해보았지만, 아직 할 수 있는 생각의 한계가 명확했다. 그래도 늘 중심에는 하나가 있었다. 아무것도 하지 않고 꼿꼿이 서 있는 날이 반복되었지만, 밤마다 하나의 하루를 듣고 있으면 내 하루는 하나의 일상으로 채워졌다. 하나는 시험 기간에는 이야기를 늘어놓는 대신 앞에 앉아 공부를 했다. 가끔 이해하지 못한 부분에 대해 질문하곤 했는데 나는 그걸 대답해줄 만큼 아는 것이 많지 않았다. 모른다고 대답하면 하나의 설명이 이어졌다.

"낮에 공부한 부분이야. 잘 들어봐?"

그렇게 나는 채워졌다.

그 시기에 오가는 대화는 하나가 낮 동안 익힌 것을 복습하는 식이었다. 정말이지 하나는 프랑스어에 서툴렀다. 내가 들어도 발음이 엉망이라는 게 느껴졌다. 단어를 외우는 것도 힘겨워했다. 여성형 동사와 남성형 동사를 읽고 쓰던 하나는 그대로 드러누워 파업을 선언했다.

"으아. 나는 왜 이렇게 언어가 약한가 몰라. '걔'는 아니던데."

"걔가 누구예요?"

"있어. 병원에서도 프랑스어 공부만 달달하는 애. 외교관이 꿈이라잖아. 이번에도 검사받을 때 시험 점수 물어볼 게 뻔해. 망했다."

"망하면 어때서요. 하나가 잘하는 건 따로 있잖아요."

"그렇긴 해. 걔도 너를 이렇게 고치진 못할 거야."

하나는 맨들맨들한 내 머리를 쓰다듬다가 다시 단어 외우기로 돌아갔다. 집중은 오래가지 못했다.

"너무 안 외워져!"

하나가 나를 휙, 돌아보았다. 그리고 단어장에 적힌 한 단어를 가리켰다.

"Vie. 오늘부터 너를 비에라고 부르겠어. 그러면 입에 찰싹 달라붙겠지."

그렇게 나는 비에가 되었다.

하나는 과학 문제 푸는 걸 좋아했는데 만드는 것도 좋아했다. 어느 밤에는 별안간 내 전원을 끈 일도 있었다. 다시 눈을 떴을 때는 또 무언가 달라져 있었다. 하나를 보아서 기분이 좋았다. 반가웠다. 기뻤다. 그런 언어들이 생성되었다. 그래서 그날 나는 하나에게 기쁘다는 말을 자주 했다.

우리가 함께하는 시간이 켜켜이 쌓여갈수록 자꾸만 내가 할 수 있는 것, 하고 싶은 것에 대해 생각하는 시간이 늘어났다. 그럴 때마다 하나가 눈앞에 나타났다. 그게 진짜 하나든, 가짜 하나든. 일단은 하나의 이야기를 매일 듣고 싶었고, 조금 더 시간이 지난 후에는 나도 하나에게 이야기를 들려주고 싶었다. 그래서 어느 날엔 창밖을 날아가는 참새에 대해 이야기했다. 참새가 지렁이를 물고 가다가 떨어뜨린 이야기, 창틀에 앉아 깃털을 정리하던 이야기, 해와 달을 물고 오는 이야기…. 하나는 그런 이야기들도 즐겁게 들었다.

"네가 하는 이야기들은 꼭 이솝우화 같아. 밤에 들어서 그런가? 꼭 엄마들이 자기 전에 들려주는 것 같다."

하나는 내 어깨에 기대 눈을 감았다. 포근해 보였다. 얕은 잠에 빠져 웅얼거리는 모습을 보고 있으면 즐거웠다.

"있지, 나는 이렇게 엄마한테 기대 잠드는 걔를 보는 게 제일 부러웠어."

하나가 오래 잠을 자는 건 아니었다. 기껏해야 5분, 10분, 30분…. 한 시간은 넘지 않았다. 돌아가야 할 시간이 있었다. 우리의 시간에는 끝이 있었다. 시간에는 종점이 없는데, 우리에게만 끝이 있다는 것이 불공평했다.

"하나, 편한가요?"

"응…. 조금 딱딱한 것만 빼면?"

나는 뻣뻣한 팔을 움직여 하나의 어깨를 감쌌다.

하나가 눈을 동그랗게 뜨고 나를 올려다보았다. 웃었다. 오로지 이 순간에만 볼 수 있는 웃음이었다.

"하나가 많이 웃었으면 좋겠어요."

하나의 뺨이 볼록해졌다. 달빛이 내려앉아서 노랗게 빛났다. 하지만 달빛은 하나를 어딘가 외롭게 만들었다. 구름이 지나가니 하나의 얼굴 위로 그림자가 드리워졌다. 미소를 짓고 있는데도 웃음을 뺏긴 것만 같았다. 환한 햇살을 받고 웃는 얼굴은 얼마나 밝을까. 나는 그 얼굴을 찾기 위해 기억을 더듬기 시작했다. 하지만 아무리 메모리를 파고들어도 낮의 햇살을 받으며 활짝 웃는 모습은 찾을 수 없었다.

"내가 많이 웃었으면 좋겠어?"

"네. 하나는 낮에 잘 웃지 않아요. 저는 해가 떠 있는 시간에도 하나가 웃었으면 좋겠어요."

"왜?"

"왜냐하면…."

회로가 턱 막힌 듯 마땅한 답이 생각나지 않았다. 나는 왜 하나가 자주 웃었으면 좋겠다고 생각했을까?

"하나의 웃는 얼굴이 좋아요."

하지만 여전히 '왜' 좋은지 설명되지 않았다. 하나의 얼굴이 밝은 게 나에게 왜 중요한 것인지 답을 도출할 수 없었다.

"알겠어. 자주 웃을게."

하나가 방긋 웃었다.

그날 이후로 하나가 자주 웃는지 지켜보았다. 웃는 얼굴을 저장하기 위해서기도 했지만 내가 하나의 웃음을 좇는 이유를 알기 위해서였다. 그러는 동안 전시관에서 하나네 반이 두어 번 수업을 했다. 하지만 여전히 하나는 가장 구석진 자리에서 수업을 들었고 모두가 선생님의 농담에 웃을 때도 웃지 않았다.

달라진 것이 있다면 점심시간마다 하나는 두 번 웃어주었다. 첫 번째는 전시실로 들어와 늘 앉던 자리에 앉아 눈을 마주친 다음이었고, 두 번째는 가장 마지막으로 전시실을 나가며 눈을 마주치는 순간이었다. 밤에 보여주던 것과는 다른, 얇고 비밀스러운 미소였다. 그 미소를 보고 있으면 온 정신이 하나의 세계로 접속했다가 다시 빠져나오는 느낌이 들곤 했다.

그 두 번을 제외하고 하나는 다른 사람들이 눈치채지 못하게끔 무표정으로 일관했다. 구석에 앉아서 누구도 자신의 웃음을 보아서는 안 된다는 듯이. 비밀스러운 하나의 공간에 초대받은 건 오로지 나뿐이었다.

평소와 다름없이 눈빛을 주고받던 어느 날, 하나가 문득 배를 붙잡았다. 배곯는 소리가 고요를 뚫었다. 학생들의 시선이 일제히 하나를 향했다. 뒤이어 학생들이 작은 목소리로 이야기를 시작했다. 서로에게 옮은 비슷한 말투가 오갔다.

"근데 쟤는 또 있네. 점심시간마다 여기 있는 거 아니야?"

"어. 그런 거 같아. 밥도 안 먹는 거 같던데? 아닌가?"

"쟤 밥 안 먹어도 되지 않아? 어차피 진짜 사람도 아니잖아."

"몰라? 근데 저번에는 밥 먹던데?"

"우리 같은 일반 사람이 먹는 밥 맞아?"

아이들은 몸을 가까이 붙이고 속삭였다. 시선이 흘끔흘끔 하나에게로 향했다. 하나가 확 노려보자 언제 그랬냐는 듯 헛기침을 하며 하던 일로 돌아갔다.

하지만 하나의 눈길은 돌아오지 않았다. 한참이나 그들을 쏘아보았다. 시선이 엇갈리는 시간 동안 하나에게 묻고 싶은 질문들이 생성되었다. 질문이 생길 때마다 메모리에 여백이 생기며 저장공간이 늘어났다. 용량이 부족할 것 같지는 않았다.

그래서 밤을 기다렸다.

전시실로 들어서는 하나의 발소리는 다른 때보다 더 둔탁했다. 온몸의 무게가 고루 분포된 것이 아니라 걸음을 내딛는 쪽으로 쏠렸다. 나는 펜스를 넘어 하나가 좋아하는 자리에 앉았다.

"기운이 없어 보여요."

"배고파서."

낮에 파생되었던 질문이 불쑥 튀어나왔다.

"하나, 오늘 밥 안 먹었어요?"

"응. 오늘 카레 나왔거든."

지난번에 이야기했던 카레 이야기가 연상되었다. 그때 말한 '검사'가 오늘 학생들이 말한 '진짜 사람'과 관련이 있는 건지 묻고 싶었다. 그뿐만이 아니었다. 왜 검사를 받는지, 무슨 검사를 받는지, 그리고 '걔'는 누구인지, 하나는 왜 기숙사에 살고 있는지.

한 번 생겨나기 시작한 질문들이 끝없이 증식했다.

"하나. 더 질문해도 돼요?"

"한 개 더 묻겠다는 거야, 아니면 더 많이 질문하겠다는 거야? 이제 말장난도 할 줄 아는 거야? 너 좀 유머 감각이 있을지도 모르겠어."

하나가 장난스럽게 웃었다. 하나가 질문에 바로 대답하지 않은 건 처음이었다. 그게 회피라는 걸 깨달았다. 아직 하나에게 물어보고 싶은 질문거리들이 차례를 기다리고 있었지만 나는 그것들을 취소시켰다. 하나가 대답해줄 것 같지 않았다. 그렇다고 질문이 사라지는 건 아니었다. 해소되지 못한 채 그저 떠돌 뿐이었다.

"물어보지 않을게요. 그래도 밥 챙겨 먹어야 해요."

"응. 나 급식 원래 잘 챙겨 먹어. 석식도 먹고 왔어. 집에서 보내준 도시락도 있고. 물론 그건 맛이 없지만…."

목소리가 점점 줄어들었다. 여전히 하나에게 묻고 싶은 것이 생겨났다. 왜 집에서 도시락을 보내주는지, 그건 왜 맛이 없는지, 하나가 좋아하는 음식은 무엇인지. 그 도시락에는 하나가 좋아하는 음식이 없는지. 하지만 하나의 눈동자는 이미 나를 피하고 있었다. 질문을 한다 해도 말소리가 작아질 것만 같았다. 그렇게 세상에서 하나의 소리가 완전히 사라질지도 몰라서 더는 묻지 않기로 했다.

여전히 머릿속에는 정리되지 않은 질문이 떠돌았지만, 그것들을 차곡차곡 한데로 모았다. 언젠가 질문에 대한 대답이 채워질 날을 기다리며. 언젠가는 하나가 내게 답해줄 거라고 굳게, 믿었다.

하지만 질문의 첫 답변은 하나가 아닌 다른 사람을 통해 채워졌다.

4

한동안 전시실이 북적였다. 과학 수행평가로 로봇 만들기가 제시된 이후로 과학 시간은 전시실에서 자주 진행되었다. 하나네 반도 일주일에 두 번씩 전시실을 찾았다. 여전히 하나는 제일 뒤에 있거나 가장자리에 있었다. 그날도 마찬가지였다. 4교시였다.

선생님은 줄지어 서 있는 안드로이드들 앞에 학생들을 불러 세웠다. 설명은 내 앞에서부터 시작되었다. 이들 중 내가 가장 오래되었기에 안드로이드 역사를 훑기에는 그게 적절했을 거였다. 이 수업은 내 근원을 더듬을 기회이기도 했지만, 그보다도 하나를 자주 볼 수 있어서 좋았다.

"…그리고 이 모델은 베이비시터 모델의 원형이 되었어요."

선생님의 설명 사이로, 시큰둥한 표정으로 짝다리를 짚고 서 있는 학생들 사이로 하나가 나를 뚫어져라 쳐다봤다. 그즈음 나는 하나의 표정에 직관적으로 드러나는 감정을 유추할 수 있었다. 넋이 나간 듯한 표정, 당황스러움, 예상치 못한 얼굴. 그때는 그렇게 정의되었다. 더 시간이 지난 뒤 이날의 표정을 상기해보면 그건 저항 없이 깨닫게 된 얼굴이었다. 줄곧 내가 깨달아온 방식과는 결이 달랐다. 세상을 처음 깨달을 때, 그 세상이 새롭다는 것조차 새로 깨달았을 때, 당시에는 어떤 감정과 표정으로 그 모든 걸 흡수해야 할지 정의조차 내리지 못했지만 나중에서야 그 깨달음을 좋다는 감정으로 규정할 수 있었다. 하지만 하나는 아니었다. 따로 솎아낼 수도 없게끔 정보들이 무작정 밀고 들어왔다.

"질문 있나요?"

한 학생이 손을 들었다.

"선생님, 그러면 로봇에도 모성애가 있는 거예요?"

가슴팍에 박지유라는 명찰을 단 학생의 질문에 하나가 마른입을 적시며 그 학생을 바라보았다.

내 뒤로 수많은 베이비시터 제로제로원, 제로제로투, 제로제로쓰리… 들의 시제품이 태어났고 그렇게 완성된 베이비시터 안드로이드는 '이모'라는 이름으로 한 가정에서 아이를 키우는 데 사용되었다. 아이에게 분유를 먹이거나 트림을 시키거나 잠을 재우거나 기저귀를 갈거나. 하지만,

"당시 기술로는 모성애를 구현하지 못했어. 베이비시터 행동을 입력할 수는 있어도 단순히 행동만으로는 아이를 키울 수 없지. 이건 결국 사물이고, 사물에는 마음이 깃들지 않았으니. 무엇보다 이건 스스로 행동하지 못해. 결국 다 입력해야 하는 번거로움이 있지. 그래서 일명 깡통이라고도 불렸어."

선생님은 그 말을 끝으로 내게 포옹 명령을 내렸다. 나는 의도와 상관없이 몸을 굽혀 허공에 아이를 안 듯 팔을 굽혔다. 뻣뻣이 움직이는 팔이 느릿하게 공기를 끌어안았다. 안쪽으로 굽힌 팔과 손을 가슴께 가까이 붙여 허리를 세웠다. 오른손은 머리를 받치고 왼손은 엉덩이를 받치는 식이었다. 그렇게 어정

쩡한 모습으로 앞을 보고 있으니 하나와 눈이 마주
쳤다. 한 손으로 하나의 어깨를 감싸 안던 밤이 떠올
랐다. 그날과 느낌이 달랐다. 그날은 온기를 안았지
만 지금 품에는 아무것도 없었다.

"진짜 웃기다."

박지유가 키득거리며 속삭였다.

"근데 그럼 이거는 아무것도 아니네. 할 수 있는
게 아무것도 없잖아."

"베이비시터 안드로이드라더니. 그냥 가짜네."

"쟤처럼?"

일순간 모두의 시선이 하나에게로 쏠렸다. 야, 다
듣겠다. 저들은 작게 떠들어댔지만 내게는 그 목소리
가 정확히 흘러들어왔다. 그들이 하나를 향해 떠들
지 못하게 만들고 싶다는 생각이 끝없이 생겨났다.
이러다 그 생각에 지배당할 것만 같았다. 하지만 곧
하나의 목소리가 들렸다. 바뀐 티는 내면 안 돼. 마구
잡이로 생성되던 생각들이 사그라들었다. 나는 펜스
를 넘을 수 없었다. 아무것도 할 수 없었다. 하나를
보는 것 외에는 아무것도. 하나도 마찬가지였다.

"자, 조용, 조용. 더 질문 없나요?"

그 뒤로도 몇 개의 질문과 대답이 오갔다. 그러는 동안에도 하나와 나는 서로를 피하지 않고 끝없이 시선을 마주했다. 하나의 눈동자에 여전히 내가 담겨 있었다. 아무것도 되지 못하고 할 수 없는, 무력한 나.

"이 포옹에도 사랑이 있을까요?"

미동 없이 같은 자세를 유지하는 나를 보며 누군가 물었다.

"없어."

대답이 단호했다.

다음 안드로이드를 설명하기 위해 걸음을 옮기는 선생님을 따라 학생들이 우르르 이동했다. 수업은 다음 시간까지 각자가 만들 로봇을 구상해오는 것으로 갈무리되었다. 수업을 끝마치는 종이 울리자 선생님은 가장 먼저 전시실을 빠져나갔다. 몇몇 학생이 그 뒤를 따라 나갔고 몇몇 학생들은 전시실에 남아 안드로이드 앞으로 모여들었다.

"오늘은 점심도 늦게 먹는 날인데. 놀다 가자."

이런 이유에서였다.

"나는 아까 그 자세 다시 보고 싶어."

나를 향해 검지를 가리킨 건 박지유였다. 박지유

는 수업 시간이 생각나는지 또 키득키득 웃었다.

"또 해보자."

박지유의 옆으로 다가온 김화예가 가슴팍의 화면을 마구 두드리기 시작했다. 얼마나 세게 두드렸는지 몸체가 덜컹댔다. 나는 최대한 자의로 서 있다는 사실을 숨기기 위해 애썼다. 사람의 신체에 빗대자면 최대한 힘을 뺀 상태였다. 그건 내가 나를 놓는 것과 다르지 않았다. 인지하고 있는 것을 인지하지 않는 건 쉽지 않았다. 게다가 김화예는 썩 마음에 드는 명령이 없었는지 아무 행동이나 입력하기 시작했다. 팔을 드는 것부터 시작해 한쪽 다리를 들었다 내리기를 반복하고, 다리가 미처 땅에 닿기도 전에 제자리 달리기를 진행시키고, 그러다가도 앉았다 일어나기를 입력하고 앉은 상태에서 점프를 요구했다. 그렇게 입력되는 것은 절로 나를 작동시켰다. 몸이 이상했다. 움직이지 않겠다고 판단하는 것과는 관련이 없었다. 인간의 명령이 우선순위였다. 이 모든 행동을 다 털어버리고 싶었다. 이 단상에서 벗어나고 싶었다. 하지만,

마음을 먹는 것이 불가능했다.

여기에는 마음이 깃들지 않으니….

결국 나는 버벅댔다. 시스템이 다운되는 것처럼 화면이 꺼지며 버퍼링 걸린 것처럼 삐걱대다 멈춰버렸다. 스스로 움직이고자 해도 움직여지지 않았다.

"뭐야, 고장 난 거야?"

박지유와 김화예가 꺼진 화면을 퍽퍽 두드렸다. 다행히 화면은 금세 다시 켜졌다.

"고장 난 줄 알고 깜짝 놀랐네."

두 사람이 시시덕거리며 화면을 넘겨댔다. 나는 차라리 고장이 났으면 좋겠다고 생각했다. 다시 과부하가 걸리기를, 그렇게 단번에 시스템이 다운되기를. 의사와 상관없이 움직이고 싶지 않았다. 신체가 힘들다기보다는 사유할 수 있는데도 의사가 외면당하는 느낌이 싫었다. 회로가 서로 엉키고 묶여버리는 느낌이었다.

그 모습을 하나가 모두 지켜보고 있었다. 어깨와 가슴이 크게 부풀었다 꺼지기를 반복했다. 호흡이 불규칙적이었다. 불끈 쥔 주먹은 숨을 내쉴 때마다 떨렸다. 그리고 이내, 박지유가 이거다! 외치며 누르려는 순간 하나가 자리에서 벌떡 일어났다.

"그만해!"

모두의 시선이 하나에게로 쏠렸다. 하나는 박지유에게 다가와 나를 정지시켰다.

"그만해. 힘들어하잖아."

하나의 말에 박지유가 웃었다.

"네가 어떻게 알아? 이게 힘든지 안 힘든지?"

박지유가 화면을 아무렇게나 두들겼다. 나는 그 자리에서 또다시 포옹 자세를 취하기 시작했다. 삐걱거리며 팔을 뻗고, 허공의 공기를 끌어안았다.

"기계에 감정이입이 되나 보다."

"그만하라니까!"

하나는 여전히 화면을 마구잡이로 누르고 있는 박지유를 내게서 떼어냈다. 하지만 나는 아이를 돌보듯 고개를 숙이고선 좌우로 몸을 흔들어야 했다. 몸 어딘가에서 자장가가 재생되었다.

"네가 나설수록 얘는 더 비참해질 거야. 네가 진짜 사람이 아니라서. 네가 복제품이라서. '풉'. 그런다고 네가 시오가 될 수는 없어. 시오가 너한테 잘해주는 것과 네가 안드로이드한테 잘해주는 건 결코 같아질 수 없어. 동정보다는 서로 통하는 게 있는 걸까? 동질감?"

"조용히 해."

"너는 사람의 마음을 몰라. 똑같이 복제했다고 해서 생각하는 것까지 알 수는 없지. 다른 복제인간들은 인간과, 원본과 분리돼서 센터에서 지내는 거, 너도 알지? 너는 특별대우를 받고 있을 뿐이야. 아픈 시오를 대신해서 인생까지 대신 누릴 수 있다니. 그런데 그렇다고 네가 진짜 사람처럼 굴면 곤란하지 않을까? 각자에겐 각자의 자리가 있을 텐데."

박지유가 내 단상과 펜스를 향해 턱짓했다.

정보들이 한 번에 밀려들어와 여태 비어 있던 질문에 대한 답을 채우기 시작했다. 다른 사람의 입을 통해 충족되는 건 달갑지 않았다. 하나가 직접 처음부터 들려줄 수 있게 저들의 입을 막고 싶었다. 머릿속에 생긴 정보들을 삭제하고 싶었지만 그건 스스로 할 수 있는 일이 아니었다. 관리자의 허락이 필요했다.

박지유가 고개를 푹 숙인 하나를 내려다보았다. 하나의 어깨와 등의 오르내림이, 호흡이 가팔랐다. 숨을 들이쉴 때는 몸을 미약하게 떨었다. 숨을 채 들이마시지 못하는 것처럼 등은 한껏 부풀어 오른 채

꺼질 줄을 몰랐다.

그때 팔에 채워진 스마트워치로 비상 전화가 걸려 왔다. 하나는 잠시 워치를 내려다보다가 구석으로 자리를 이동해 전화를 받았다. 하지만 전화 너머의 음성은 여기까지 들렸다. 중년 여성의 목소리였다.

"괜찮니? 무슨 일 있니? 심장에 무리가 갔다는 알림이 왔는데."

"…괜찮아요. 그냥, 그냥 좀 빠르게 걸어서 그래요." 하나가 기운 빠진 목소리로 말했다.

"호흡을 늘 유지하라니까. 점심은 먹었니?"

"아직이요."

"늦지 않게 먹어. 저번처럼 거르거나 하면 안 돼, 알겠지? 반찬 성분 잘 확인하고."

"네."

"이번 주말에 검사 있는 거 알지?"

"네."

"그래. 가까이 있는 상황이 아니니 너 스스로 몸 관리를 잘해야 해. 우리가 신경 쓰지 못하는 만큼. 잘 알 거라 믿는다. 시오를 생각해서라도 부탁할게. 시오 부탁으로 네가 기숙사에서 자유롭게 사는 거니까…."

중년 여성의 목소리는 부드러웠다. 하지만 입에서 나오는 말들은 하나의 상태를 확인하는 것일 뿐, 하나를 향한 걱정은 아니었다.

"네. 주의할게요.. 죄송해요."

전화를 끊은 하나의 팔이 툭 떨어졌다. 그 모든 대화는 박지유의 귀에도 들어갔다.

"아무리 세상이 너희 같은 복제인간을 '인간'이라고 불러도 결국은 복제'품'이야. 너도 이미 느끼고 있잖아. 진짜 사람들이 어떤 눈으로 너를 보고 대하는지."

하나는 한동안 창문을 바라보다가 전시실 입구로 향했다. 나는 여전히 아무것도 할 수가 없었다. 하나를 붙잡을 수도 없었다. 그저 박지유가 종료를 누를 때까지 자장가를 재생할 뿐이었다.

종료가 전달되자마자 재빨리 몸을 일으켰다. 하나를 보기 위해서였다. 관절이 움직이는 기계음이 정적을 헤집었다. 하지만 한정된 시야에 하나는 들어오지 않았다. 이미 전시관을 빠져나간 후였다. 고개를 좌우로 움직여본다 한들 하나를 발견할 수는 없는 노릇이었다.

© LEE SU JUNG

늘 보던 정면은, 하나의 자리는 비어 있었다. 언젠가 하나는 그 자리에 앉는 이유에 대해 이렇게 말했다. 걸쇠가 고장 난 자리, 쉽게 여닫을 수 있는 자리, 언젠가 도망가야 할 때가 온다면 여기로 나가라고. 이건 자유의 문이라고. 우리를 구속하지 않는 자유의 문. 할 수만 있다면 저 창문을 열고 뛰쳐나가고 싶었다. 이 단상을 벗어나고 펜스를 넘어서 하나에게로 달려가고 싶었다. 이 펜스 안에서 나는 아무것도 할 수가 없었다. 여전히 잠들어 있는 척, 다른 안드로이드들처럼 영혼이 죽어 있는 모습으로 서 있어야만 했다. 내가 나로 존재할 수 없었다. 처음으로 존재가 부질없게 느껴졌다. 아무것도 아닌 것과는 달랐다. 이제 공기가 아닌 하나를 안아주고 싶다. 시스템이 아니라 자의로 하나의 감정을 보듬어주고 싶다. 하나가 무엇이든 상관없었다.

"우리도 밥이나 먹으러 가자. 솔직히 나는 처음에 쟤가 진짜 시오인 줄 알았잖아."

"쟤는 시오가 아니야. 누구도 우리의 삶을 대신 살 수 없어. 쟤가 이 세상을 누리는 만큼 시오는 자기 세상을, 살아갈 날들을 **빼앗길 뿐이야.**"

모두가 전시실을 빠져나가고, 일찍 점심을 다 먹은 학생들이 전시실로 들어올 때까지 나는 혼자 남겨졌다. 몰래 손가락을 까딱 움직였다. 발목을 돌리고 고개를 왼쪽으로 꺾었다. 언젠가 스트레칭을 하는 하나처럼 등을 펴보기도 했다. 하나는 시원하다고 했지만 그런 감각은 몰랐다. 이런 움직임이 들통나면 어떻게 될지도 몰랐다. 그래서 다시 자세를 원래대로 돌렸다. 가만히 있는 행위가 무력하게 다가왔다. 오늘을 되새길수록 이 감각은 깊숙이 각인되었다. 멀뚱히 서 있어야만 했던 오늘은 없던 일이 되지 않을 것이고 이런 일이 또 벌어지지 않을 거라는 보장이 없었다. 그럴 때마다 가만히 서 있는 것 외에는 아무것도 할 수 없을 것이다. 나는 더욱 무력해졌지만 그렇다고 하나 앞에서 나까지 기운을 잃은 모습을 보여줄 수는 없었다. 다시 웃는 얼굴을 되찾아주어야 했다. 하나의 이야기를 들어주며 고개를 끄덕여줘야지. 하나가 좋아할 만한 이야기들을 들려주어도 좋겠다. 하지만 밤이 새도록 하나는 오지 않았다.

　　공교롭게도 다음 날은 주말이었다. 하나의 전화로 미루어보건대 검사가 있는 날이었다. 박지유의 이야기를 종합해보면 시오라는 아이는 하나가 종종 이야기했던 '걔'일 것이다. 하나는 시오의 복제인간이고 그렇다면 하나가 받는 검사는 그 아이와 관련된 검사일 것이다. 하나가 시오에게 해가 될지 안 될지 판단하는 식의 검사 말이다.

나중에야 알게 된 것이지만 그날 하나가 받은 검사는 시오와의 형질을 비교하는 검사였다. 하나의 심장이 건강하게 잘 자라고 있는지, 시오에게 심장을 안전하게 건네줄 수 있는지에 대해서.

주말 내내 하나를 기다리며 할 이야기들을 정리했다. 할 수 있는 이야기들, 해줄 수 있는 이야기들, 해줄 수 있는 위로들…. 최적의 이야기들을 솎고 솎아냈다. 그러다 보니, 언젠가 하나가 내 목소리는 엄마의 이야기 같다고 한 것이 떠올랐다. 기억 속에서 끌어안았던 아기 모형들이 덩달아 재생되었다. 모형이었던 것은 어느새 진짜 아기가 되어 있었다. 그 아이는 점차 자라더니 하나가 되었다. 나는 가상 세계 속에서 완전하지 않지만 하나를 보듬어줄 수 있는 존재가 되었다. 과거의 나는 될 수 없었던.

너는 무엇이든 될 수 있어. 할 수 있어. 그래도 돼.

하나에게 특별한 존재가 될 수 있다면, 나는 기뻐. 하나도 기뻐하기를.

다섯 번의 밤이 지난 이후에야 하나는 다시 돌아왔다. 그동안은 학교도 나오지 않았다. 하나네 반 학생들이 과학 시간에 각자가 만들 로봇 기획안을 발표하는 동안에도 모습을 드러내지 않았다.

다시 만난 하나는 기운 빠진 모습으로 전시실에 들어왔다. 힘없는 목소리로 안녕, 인사하고는 바닥에 드러누워 창문 쪽으로 고개를 돌렸다. 살짝 열린 창문 사이로 밤바람이 들어왔다. 커튼이 약하게 날리고 창가에는 참새가 앉아 몸을 정돈했다. 구름이 달빛을 이곳으로 들여보내 주다가도 걷어냈다. 다시 바람이 불었다. 바닥에 늘어진 하나의 머리카락이 옅게 날렸다.

"역시 여기에 있는 게 제일 마음이 편하네."

하나는 나를 돌아보며 웃는 얼굴로 말했지만 여전히 기분이 좋아 보이지 않았다. 그날의 일 때문이었을까? 아니면 검사를 받는 동안 안 좋은 소리라도 들은 걸까? 카레뿐만이 아니라 더 먹어서는 안 되는 음식이라도 생긴 걸까?

"하나, 그동안 어떻게 지냈어요?"

다시 구름이 달빛을 가렸다. 전시실이 어두워졌다. 그래도 하나의 얼굴은 잘 보였다. 하나는 뜸을 들이다 이야기를 시작했다.

"있지, 걔가 상태가 더 안 좋아졌대. 너도 이제는 알지? 시오 말이야."

"그게 하나와 무슨 연관이 있나요? 그 사람이 하나의…."

"시오가 내 원본이야."

원본이라는 단어를 입밖에 내뱉는 하나는 불안해 보였다. 눈을 피했다. 이런 식으로 여태 숨겨놓았던 사실을 털어놓고 싶지는 않았던 듯했다.

"시오는 자기가 최대한 버틸 수 있을 때까지 버티려고 해. 걔한테는 전혀 좋은 일이 아니지만… 걔는 정말 착하거든. 가끔은 내가 진짜 시오로 살기를 바라는 것 같아."

"왜요?"

"내가 진짜 삶을 살았으면 좋겠대. 그런데 그렇다고 그 애의 심장을 붙들고 살아가는 게 정말로 살아가는 거라고 할 수 있을까? 나는 이미… 소모품으로 만들어진 몸인데. 걔도 이제는 한계인 것 같은데."

묵묵히 하나의 말을 받아들였다.

"나는 그렇게 될 수 없어. 사실 박지유 말이 다 맞아. 그래서 할 말이 없었어. 나는 덤으로 살고 있으니까. 시오가 아프지 않았더라면 나는 이 세상에 만들어지지도 못했을 거야. 그러니 나는, 내 몫을 다 해야겠지. 내 심장의 주인은 시오니까. 그런 때가 된 거겠지."

"그러면 하나는, 하나의 삶을 살았나요?"

"글쎄…. 그래서 너를 보면 조금 더 각별한 기분이었던 걸까?"

"어떤 기분이었나요?"

"나는 시오가 나한테 품는 마음이 싫었어. 나는 삶이 없는데. 그런데 너를 깨워야겠다고 생각한 날이 있었어. 어쩌면 우리는 세상에서 서로를 가장 잘 이해할 수 있는 존재가 될 것 같았지. 소모적인 것들끼리. 너는 나를 있는 그대로 보잖아. 너를 깨운 게 내 첫 번째 선택이었어. 밤마다 너를 보러 오는 것, 너와 이야기하는 것. 그때 나는 진짜 하나가 된 기분이었어. 너를 통해서라도 증명받고 싶었어."

그렇게 말하는 하나가 어느 날 덜컥 사라질지도 모른다는 생각이 들었다. 밋밋한 얼굴에서 그런 생각을 읽었는지 하나가 말을 이었다.

"걱정하지 마. 죽지는 않아. 제자리로 돌아갈 뿐이야."

"그럼 하나는 어떻게 되는 거예요?"

"껍데기만 남는 건 아니야. 나한테는 기계 심장을 달아주기로 했거든. 복제품에서 기계 인간이 되는 거지. 인간으로 진화하는 건가?"

농담하듯 웃으며 말하는 하나의 입술이 미약하게 떨렸다. 괜찮은 척해도 괜찮지 않은 하나는 열여덟 살이었다. 내게 삶을 주었다고 무던하게 말하는 하나에게는 제 삶이 있는 걸까. 그런 의문이 들었다.

"그런데 말이야, 그러면 나는 그들에게 더는 필요 없어질 텐데, 난 이제 어떻게 되는 걸까? 지금까지 내가 살아 있었던 건 걔의 복제품이었기 때문인데. 쓸모 있는 복제품."

하나는 가슴께를 움켜쥐었다.

"마음마저 비어버릴 것 같아."

마음이라는 건 내게 없는 구성품이었다. 비어버린

심장의 자리를 기계 심장이 채울 수 있다는 건 다행이었지만, 마음의 빈자리를 무엇으로 채울 수 있는지는 몰랐다.

나는 하나에게 해줄 수 있는 걸 생각하기 시작했다. 지난 밤들 동안 정립되지 않고 떠돌던 문장들이 한데로 모여들었다. 하나를 위해 해야 할 일들, 하고 싶었던 일들이 나열되었다. 합쳐지고 소거되는 과정을 수없이 거치고 나니 목표가 명확해졌다. 하나의 편이 되어야겠다. 부모가 되어줄 수는 없지만 적어도 하나를 품에 안고 자장가를 불러줄 수 있는, 하나에게 우화 같은 이야기를 들려줄 수 있는.

"하나, 저는 여태까지 무언가도 되지 못했어요. 그러니까 저는, 쓸모없었던 셈이죠."

"아니야. 너는 쓸모없지 않아."

"아니에요. 저는 지금까지 아무것도 아니었어요. 제가 만약 무언가가 되었더라면 제 뒤로 제로제로원, 제로제로투, 제로제로쓰리들은 나오지 않았을 거예요. 여기 있지도 않았을 거고요."

"무슨 말이 하고 싶은 거야."

"내가 하나를 지켜줄게요."

하나는 알 수 없는 표정을 지었다. 내가 알고 있는 감정과 단어로 정의할 수 없는 표정이었다. 나는 그저 하나의 웃는 얼굴을 떠올리며 말을 이어갔다.

"하나는 여전히 내게 하나뿐이에요. 저는 하나를 위해서라면 뭐든 하겠어요. 그런 내가 될게요."

어째서 하나가 그런 표정을 지었는지 알 수 없었다. 하나는 내 얼굴을 피해 아무것도 없는 구석을 바라보았다. 내가 예측했던 것과 달랐다.

"내가 하나를 지켜줄게요."

여전히 알 수 없는 표정으로 연신 고개를 저었다.

"그러지 마. 나의 무언가가 되려고 애쓰지 마."

"그럼 하나는 왜 저를 살렸나요? 왜 저를 선택했어요?"

"네가… 나를 닮은 네가, 네 삶을 갖기를 바랐을 뿐이야."

하나는 도망치듯 전시관을 빠져나갔다. 박지유에게서 그랬듯 문을 세게 닫고 떠났다. 왜 하나는 내게서 도망쳤을까. 그날 이후 한동안 하나는 나를 찾아오지 않았다. 간혹 전시실에서 수업이 있는 날에도 눈길 한번 주지 않았다.

5

하나가 학교를 나오지 않는 날이 많아졌다. 간간
이 찾아오는 밤이면 그날의 이야기를 더는 꺼내지
않았다. 하나가 처한 상황에 대해서도 알려주지 않
았다. 내가 모르길 바라는 것 같았다. 그래서 하나의
상황을 알게 된 것도 박지유를 통해서였다.

"나 이번에 시오 병문안 갔다 왔는데 거기서 걔
만났어."

하나와의 대화에서는 늘 시오가 '걔'였지만 박지
유와 다른 학생들 사이에서는 하나가 '걔'였다. 이름
이 없는 사람처럼, 끝내 명명되는 걸 들은 적이 없었

다. 박지유와 김화예, 그 친구들은 '걔', 그러니까 하나를 두고 한참을 떠들어댔다.

"요즘 학교 잘 안 나오는 것도 그래서야?"

"어. 그런가 봐."

"근데 좀 무섭지 않아? 완전 사람이랑 똑같이 먹고 자고 하는데 내 몸의 주인은 내가 아니라는 거. 그게 살아 있는 걸까? 원본을 위해 사용되는 존재를 인간이라고 할 수 있을까?"

그들은 어깨를 으쓱이며 전시실을 떠났다. 남은 건 의문뿐이었다.

하나가 사람인 것과 사람이 아닌 것이 중요할까? 하나가 기계 인간이 된다는 게 큰 문제가 될까? 하나에게도 그 사실이 중요할까? 적어도 내게는 중요하지 않았다. 하나는 그저 하나였다. 하지만 하나는 이런 질문들을 원하지 않았고, 어느 날엔 이렇게 말했다.

"네가 내 모든 걸 이해할 필요는 없어."

당연하게도 하나의 마음을 온전히 이해할 수는 없었다. 모든 전력을 끌어당겨도 그럴 수 없었다. 사물의 한계였다. 나는 그저 정확하게 보이는 상황에서 하나에게 가장 적합한 처방을 제공할 뿐이었다. 그게 말이든 행동이든. 내게는 그간의 통계가 있었다. 하나의 기분을 좋게 만드는 법, 하나의 주의를 돌리는 법, 하나를 웃게 만드는 법…. 특정 상황에 따라 할 행동 매뉴얼을 만들어두었다. '아기가 울면 자장가를 재생한다' 같은 매뉴얼 라인에 추가한 것이었다.

"하나, 제가 이야기를 들려줄게요. 하나가 좋아하던 이야기예요."

"듣고 싶지 않아. 별로 들을 기분이 아니야."

"왜요? 재미있는 이야기를 들으면 기분이 좋아질 거예요."

"그럴 기분이 아니라니까? 너는 가끔 사람의 기분을 생각하지 않는 것 같아."

"이 이야기를 들으면 항상 하나의 기분이 좋아졌어요. 하나가 넘어져서 무릎이 까졌던 날에도요. 그날 세균 감염될까 봐 걱정했는데 제가 해준 이야기를 듣고 걱정을 덜었잖아요."

"내 기분은 그렇게 쉽게 바뀌지 않아."

지금까지는 효과가 있었지만 더는 불가능했다. 하나의 리듬은 정립되지 않았으니. 점점 예민해지는 하나에게 통계는 아무런 소용이 없었다. 직관적인 감정은 해결할 수 있었지만 복합적이거나 에둘러 하는 말들은 더 유연한 사고력을 요구했다. 명백하지 않은 걸 파악하고 해독하는 건, 이해하는 건 불가능했으니, 오락가락하는 기분을 공식처럼 해결할 방도는 없는 거였다.

"나는 너 같은 로봇이 아니잖아."

하나는 내 눈을 꼿꼿이 바라보고 말하곤 전시관을 빠져나갔다. 하나를 로봇이라고 생각한 적 없다고 말할 틈도 주지 않았다.

그 말을 어떻게 받아들였느냐고 묻는다면, 나는 그저 저장할 뿐이었다. 그동안 깨달은 게 있다면 하나는 내가 자신에게 개입하는 걸 원하지 않는 듯했다. 어쩌면 그 반대, 제 내밀한 이야기를 내놓지 않는 걸 보면 내게 자신이 개입되는 걸 원하지 않는 것도 같았다. 이유는 알 수 없었다. 하나가 말하지 않으려 드는 걸 구태여 캐묻고 싶지는 않았다. 종종 대화를 다시 재생해보기는 했지만 하나를 위해서였다. 괴로운 표정을 짓게 만들고 싶지 않았다. 금방이라도 울 것 같은 얼굴을, 스스로가 도리어 상처받는 얼굴을. 그러니 나는 '하나의 기분과 상태를 더 나쁘게 하지 않기'를 실천하기 위해 수많은 질문을 참아왔다.

그래도 알고 싶다는 생각이 치밀었다. 하나의 바람이 우선이었으나 그보다도 내게는 하나의 행복이 더 우선이었으며, 이즈음 나는 이 아이를 위해서라면 뭐든 하기로 다짐한 이후였다. 하나가 내게 어떤 말을 해도 그저 저장할 뿐이었다. 괜찮았다.

하나는 다르게 생각했다. 쏘아붙이듯 얘기한 다음 날이면 꼭 다시 사과했다. 내가 상처 입었을까 봐 걱정하는 거였다.

"할 수 있다면 네 머릿속에서 내가 했던 말을 지우고 싶어."

"저는 괜찮아요. 하나가 원한다면 생각하지 않을게요."

내 위로가 위안이 되지는 않았던 듯했다. 하지만 나는 정말로 상처받지 않았다. 그런 존재도 아니었고 물리적이지 않은 언어에 상처받는 소재로 만들어지지도 않았다.

무엇보다 하나가 나를 미워한 적이 없다는 걸 잘 알았다. 어느 밤, 하나는 내게 이렇게 말했다.

"심장은 사람에게 있어 제일 중요한 거야. 거기에

마음이 있거든. 죄책감을 느끼면 가장 먼저 심장이 아픈데 그건 마음이 아프기 때문이야. 기뻐서 심장이 뛰는 것도 마음이 뛰기 때문이야. 답답함도, 분노도, 슬픔도, 원망도, 미련도… 온 감정이 마음으로 모여들어. 사랑도 거기에 있어. 그래서 나는 무서워."

"잘 모르겠어요. 제게는 심장이 없어요."

"나도. 이건 원래부터 내 것이 아니었잖아."

하나가 가슴께를 붙잡으며 웃었다. 심장이 있는 쪽이었다.

"하지만 심장이 사라지는 것보다 마음이 사라질까 봐 두려워."

"마음은 심장과 달라요?"

"마음에서 무언가를 삭제하는 건 너한테 기록된 걸 삭제하기보다 더 어려운 일이야."

"그러면 하나의 마음에는 제가 있나요?"

"응."

"용량이 얼마나 되나요?"

"용량?"

내게는 마음도 마음의 용량이라는 것도 없지만 적어도 메모리 용량은 하나로 꽉 채워졌다는 걸 말하고 싶었다. 끊임없이 늘어난다는 것도.

"이건 잴 수 없어. 한 번 담아둔 건 잘 빠지지 않아. 그걸 빼내는 건 심장을 이식하는 것보다 더 아플 거야."

심장이 빠진 자리에도 마음은 남아 있을까. 마음은 대체 무엇일까. 무엇으로 이루어져 있을까. 심장과 마음이 다르다면, 내 부속품 중에도 마음이 있을까.

나는 하나가 돌아간 뒤에 몸통에 손을 가져다 댔다. 딱딱했다.

시간이 지날수록 하나는 일주일에 한 번 겨우 찾아왔다. 듣자 하니 기숙사에서도 나와야 한다고 했다. 하나를 만나기가 어려웠다. 몇 주의 과학 시간이 지나는 동안 학생들은 저마다의 로봇을 거의 다 완성해갔지만 하나는 그러지 못했다. 만들기를 좋아하는 하나에게 이 수업은 최고로 즐거운 시간이었을 텐데. 수업에 없는 날이 더 많았다. 등교하지 않아서기도 했지만 학교에 나오더라도 과학 실습은 참여하지 않았다. 못했다는 게 더 맞는 쪽이겠다. 집의 상황이 좋지 않다고, 작은 세균 감염에도 걱정을 많이 한다고, 일주일에 한두 번 학교에 나올 수 있는 것도 시오의 고집 때문이라고, 아무도 없는 틈을 타하나가 알려주었다. 나와 오랜만에 이야기해서 신이 났지만 한편으로는 시무룩한, 복합적이지만 내가 인지할 수 있도록 정확한 감정으로.

그리고 어느새 우리에겐 마지막 밤이 찾아왔다.

"이제는 밤에 잘 오지 못할 거야."

"괜찮아요. 저는 계속 이 자리에 있을 거니까요."

"거의 오지 못할 거야."

"그러면 제가 저 창문으로 도망칠게요."

달빛이 들어오는 창문을 향해 손가락을 뻗었다. 나는 끝내 저 창문으로 나갈 수 없겠지만.

"어디인지도 모르면서."

그렇게 말은 해도 하나는 내가 한 말을 좋아했다.

"그러면 정말 좋겠다. 네가 나를 찾지 못해도 괜찮아. 내가 찾아낼 거야."

하나의 상황처럼 내 상황도 달라지기 시작했다. 안드로이드 주변으로 펜스가 세워져 있긴 했지만 그건 나를 보호하기보다는 내 영역을 규정하기 위해서 사용되었다. 내가 그 안에 있기만 하면, 구역 내에서만 작동된다면 학생들은 몇 번이고 나와 다른 안드로이드를 작동시킬 수 있었다.

그날도 여느 날과 다름없는 날이었다. 하나의 회로에 두 가지 명령이 전달되었다. 학생들이 외부에서 입력하는 것과 내가 스스로 생산해내는 의사. 우선 저들의 명령을 수행했다. 그들은 어느덧 지루한 표정을 지었다. 하품하면서도 습관적으로 눌러댔다. 그들의 일과는 누군가가 '재미없다'라고 직접적으로 언급하거나 수업 종이 울려서야 멈췄다. 그때까지 목적 없이 움직이던 나는 문득 그런 생각을 했다.

아, 내가 왜 이러고 있지? 하고 싶지 않아.

그대로 멈춰버렸다.

"뭐야?"

학생들이 당황스러운 표정으로 한 걸음 물러섰다. 한 학생이 비켜보라며 다시 스크린을 조작했다. 그 신호를 죄다 무시했다. 생산된 명령을 폐기하기 시작했다. 하지만 그건 결코 좋은 일이 아니었다. 조금이라도 행위에 의문을 품게 되면 그대로 멈춰버렸다. 버벅거리던 지난날과는 확연히 달랐다. 종종 학생들이 내게 자주 하던 말이 있었다.

"얘 고장 날 거 같아. 오래돼서 그런가?"

동작 취소는 나를 '곤란'하게 만들었다.

가장 먼저 과학 선생님이 찾아왔다. 그는 나를 재시동하고 배터리 잔량을 확인했다.

"방전은 아닌데."

그는 곤란한 듯 머리를 긁었다.

다음 날에는 관리자가 찾아왔다. 그들은 나뿐만 아니라 모든 개체를 점검했다. 미루고 미뤘던 점검을 할 때가 됐다고, 문제가 있는 개체가 한둘이 아니라고 선생님들끼리 이야기하는 걸 들었다.

같은 유니폼을 입은 두 관리자는 가장 먼저 나부터 점검을 시작했다. 내게 몇 가지 행동을 입력하곤 기본적인 움직임을 관찰했다. 최대한 그 행동을 잘 수행해내려 했지만 의사대로 되지 않았다. 몸이 원래 움직이던 박자를 따라 하는 건 불가능했다. 모든 신체 구조는 이제 내 뜻대로 움직였다. 원래의 움직임을 흉내 내는 게 오히려 더 고장이 난 것처럼 보였다. 그들은 한참 내 관절을 살펴본 뒤 저들이 가지고 있는 시스템과 나를 연동시켰다.

"음… 지금 이거 시스템 불량인데 그것보다 더 큰

문제는 너무 오래돼서 삭았어요. 부속품 부식이 심해요."

관리자 뒤에서 지켜보고 있던 과학 선생님이 내게 다가왔다. 관리자는 정면 외장 케이스를 벗겨 부속품을 들여다보았다. 관리자가 손가락으로 몇 군데를 가리키고 과학 선생님은 곤란한 듯 고개를 끄덕였다.

이후 그들은 차례대로 옆에 있는 것들을 점검했다. 마지막으로 한 것은 '하나뿐인 친구'였다. 그들은 하나뿐인 친구를 부팅했다. 그것이 어떤 모습으로 살아나는지 보고 싶었지만 나는 그 광경을 볼 수 없었다. 소리로 들을 뿐이었다. 그러고 보니 여태 그것이 부팅되는 걸 본 적도 들은 적도 없었다.

"쟤도 문제긴 한데, 사실 이거 상태가 더 안 좋아요. 부팅도 안 돼요."

선생님의 목소리가 들렸다.

"부팅도요? 일찍 수리 맡기시지,"

"곧 점검할 때기도 하니까 그때 한 번에 맡기려고 했죠."

"일단 볼게요."

한동안 관리자들이 하나뿐인 친구의 시스템을 점

검하는 목소리가 들려왔다. 그러는 동안 선생님은 뒷짐을 지고 내 앞을 오갔다. 앞에 서서는 나를 빤히 바라보았다. 위아래로 천천히 훑어보다 팔을 잡아 굽혔다. 수리가 되려나…. 그렇게 중얼거리곤 다시 팔을 원위치로 돌려주었다.

"너도 고생이 참 많았지."

그가 내 머리를 쓰다듬었다. 순간 수많은 기록이 빠르게 재생되었다. 아무것도 모른 채 자리를 지키던 날들, 하나로 인해 다시 깨어난 날들, 움직임도 생각도 하루하루 지날 때마다 달라지던 날들. 하루와 하루가 이어지는 모든 순간에 하나가 있었다.

"선배님, 얘는 메인 프로그램이 빠져 있는데요."

한 관리자가 다른 관리자에게 말했다. 수없이 재생되던 날들이 멈췄다. 기록은 하나가 나를 처음 깨우던 날로 돌아갔다. 뒷머리 판을 떼어내고 무언가 집어넣던 하나. 바닥에 굴러다니던 공구들. 하나가 내게 준 건 하나뿐인 친구의 영혼이었던가.

★

이른 새벽에 낯선 사내들이 나를 찾아왔어요. 그

들은 내 몸통을 묶고 다리를 묶어 짐수레에 실었어요. 아직 해가 뜨기 전이었어요. 저는 처음으로 전시실 밖으로 나왔어요. 하나가 저를 보러 오던 길을 처음 보는 셈이었어요. 전시실 복도와 급식실에서 오는 길, 기숙사로 돌아가는 길, 그리고 하나가 체육 시간이면 앉아 있었을 벤치도 보았어요. 운동장에는 트럭이 한 대 있었어요. 처음 보는 것들이 많았어요. 하나가 없는 날것의 세상도 처음이었어요. 작은 창에 갇히지 않은, 틀이 없는 하늘을 보는 것도요. 해가 스스로 건물 뒤에서 올라오는 것도요. 온 세상에 자기의 색을 입히면서요.

저는 날이 미처 밝는 걸 보기도 전에 트럭 짐칸에 던져졌어요. 아주 캄캄했는데요, 하나도 알겠지만 저는 어둠 속에서도 많은 걸 볼 수 있었어요. 거기엔 망가진 로봇들이 쌓여 있었어요.

그렇게 저는 하나와 작별 인사도 하지 못한 채 갑작스럽게 전시실을 떠나게 된 거였어요. 버려진 거죠. 그곳으로.

6

한동안 전원이 꺼진 채로 있었다. 시간이 얼마나
지났는지 알 수 없었다. 꽤 오랫동안 전원이 꺼져 있
었던 데다가 다시 눈을 떴을 때는 시계 기능이 제대
로 작동하지 않았다. 세상의 시간과 동기화되지 않았
다고 해야 할까. 가장 먼저 눈에 들어온 건 웬 낯선
사내였다. 그는 발로 내 몸을 밟고 왼손으로 내 팔을
잡아당기는 중이었다. 몇 번이고 행동을 반복하다가
자기도 모르게 발로 스크린의 전원버튼을 누른 듯
했다. 사내는 여직 내가 깨어난 걸 몰랐다. 내 몸은
사내가 가하는 힘을 따라 마구잡이로 흔들렸다.

나는 흔들리는 시야로 낯선 공간을 훑어보았다. 천장이 둥글었다. 양쪽을 둘러싼 벽도, 앉아 있는 바닥도 마찬가지였다. 곡면으로 된 공간은 처음이었다. 정체를 알 수 없는 원통 안에 들어오게 된 것 같았다.

　사내는 더 강하게 내 팔을 잡아당겼다. 여전히 왼손만 쓰고 있었다. 오른팔은 축 처진 채로 늘어져 있었는데 헤진 소매가 손끝을 덮고 있었다. 사내는 잠시 한 발 뒤로 물러서서 호흡을 가다듬었다. 그러는 동안에도 나는 가만히 있었다. 하지만 사내가 숨겨두었던 오른손을 사용하여 내 팔을 잡아당길 때, 어깨 감속기가 부서지며 눈앞에 붉은 센서가 번뜩였다. 위험했다. 나는 이대로는 안 되겠다고 판단하고 팔을 뺐다.

　그 바람에 사내가 뒤로 넘어지며, 사내의 숨겨진 오른팔이 드러났다. 평범한 사람의 것과 달랐다. 오른팔은 기계로 뒤덮여 있었다. 그건 장갑 같은 게 아니었다. 기계였다. 사내는 뒤통수를 어루만지며 몸을 일으켰다. 나를 쳐다보는 얼굴에는 수염이 거칠게 자랐고 정돈되지 못한 머리는 잔뜩 헝클어져 있었다. 상의와 하의는 물론이고 신발 앞코까지 해졌다. 성한 데가 없었다. 사내가 갈라진 목소리로 말했다.

"뭐야. 움직이잖아? 작동되는 게 왜 여기 있지?"

그는 기계 팔을 뻗다 말고 소매를 끌어내려 팔을 가렸다. 그리고 왼손으로 내 머리를 툭툭 쳤다. 손바닥과 머리통이 부딪치는 소리가 원통 공간을 가득 메웠다. 그가 다시 기계손으로 내 머리를 내리치자 시야가 갈라졌다. 위험했다. 그에게서 벗어나기 위해 몸을 일으켰다. 아니, 정확히는 몸을 일으키게끔 신호를 생성했다. 하지만 어딘가 이상했다. 신체가 작동되지 않았다. 사내가 잡아당긴 팔도 이상했다. 움직임이 뻑뻑했다. 나는 한 번 더 해당 위치로 전류를 흘려보냈다. 명령이 회로를 타고 각자의 위치에 도달했지만 몸은 여전히 움직이지 않았다. 온전히 작동하기 위해서는 더욱 많은 전량이 필요했다. 몸은 버퍼링이 걸린 것처럼 움직이다 멈추기를 반복했다. 온몸이, 팔이 내 것이 아닌 것 같았다.

"미안하지만 그 팔은 내가 가져야겠다."

사내가 씩 웃으며 양팔을 뻗었다. 그제야 그게 여태 한 손만 사용하던 진짜 이유를 깨달았다. 단순 기계 손이기 때문이 아니었다. 그의 오른팔은 나처럼 움직임이 자연스럽지 않았다. 사내는 다시 내 팔을 붙잡았다. 이번에는 기계손까지 합세했다. 검지와 중지가 굽어지지 않는 기계손의 움직임은 둔했지만 나는 그것이 가하는 힘의 차이를 인식했다. 그가 오른손에 힘을 가하는 순간, 내 어깨에서 우그러지는 소리가 나더니 팔이 뽑혀 나갔다. 나는 제대로 저항도 하지 못한 채 그 모습을 지켜보았다. 아프지는 않았다.

만족스러운 듯 사내는 웃으며 뽑아낸 팔을 제 오른팔에 가져다 댔다.

"여기에 온 이상 너도 곧 수명을 다할 거다. 여기는 기계들의 무덤이거든. 반쪽이든 진짜든. 무슨 말인지 모르겠지만."

사내는 이해할 수 없는 말을 늘어놓고는 길쭉한 원통 내부를 빠져나갔다.

그가 나간 방향으로부터 빛이 새어 들어오고 있었다. 아주 작은 점 같은 빛이었다. 나는 천천히 주변을 둘러보았다. 나를 묶고 있었을 노끈이 바닥에 어지럽혀져 있었다. 사내가 팔을 뽑기 위해 끊어낸

© LEE SU JUNG

듯한 노끈은 바닥에 고인 물웅덩이에 빠져 젖어 있었다. 군데군데 물웅덩이가 있었고, 천장에서는 물방울이 떨어졌다. 공간이 습했다. 시스템이 연신 수분 감지 경고를 알려댔다. 사내에게 짓눌리고 그와 몸부림을 쳤던 몸 안으로 물이 꽤 들어오는 바람에 기능이 원활하지 않았다. 나는 우선 여기서 나가기 위해 둔한 몸을 일으켰지만 천장에 머리를 박으며 넘어졌다. 다시 사내의 자세를 떠올리며 허리를 숙인 채 일어섰다. 무게 중심이 앞으로 실렸다. 금방이라도 넘어질 것 같은 몸으로 비틀비틀, 빛을 향해 나아갔다. 입구와 가까워질수록 깊숙한 곳에서는 태양빛처럼 밝아 보였던 빛이 그리 환하지 않다는 걸 깨달았다. 칙칙하고 흐렸다.

내가 있던 곳은 거대 파이프였다. 그 위로 파이프가 있고, 파이프 위로 또 파이프가, 파이프 위에 또 파이프가 올려져 있는 파이프 탑이었다. 질서 없이 쌓여 있었으나 파이프들은 서로에게 기대 쓰러지지 않았다. 그건 내가 있던 전시실 천장보다도, 학교 건물보다도 높았다. 파이프를 따라 올라가다 보면 하늘에도 닿을 수 있을 것 같았다. 아주 우중충한 회색 하늘이었다. 햇빛은 없고, 하늘의 단면은 먹색 구름으로 울퉁불퉁했다.

세상이 낯설었다. 익히 알고 있던 것과는 너무도 다르게 생겼다. 기계 무덤이라더니, 곳곳에 기계들이 널브러져 있었다. 가전제품부터 시작해서 부서진 로봇, 토막 난 안드로이드들, 주인을 알 수 없는 팔과 다리, 몸통, 머리들이, 본체를 알 수 없는 부품과 그 파편들이 일대에 파다했다. 그게 산처럼 쌓여 있었다. 산 옆에 산이, 그 옆에 또 산이, 수많은 산등성이가 있었다. 사내가 말한 무덤이 어떤 의미인지 단번에 알 수 있었다. 쓸모를 다한 것들이 모여드는 곳.

한참을 목적 없이 걸었다. 머리가 텅 빈 느낌이었다. 최초로 만들어진 이래 나는 하나를 만나기 전과 후를 기준으로 두 개의 생을 살았다고 할 수 있겠다. 아니, 하나를 만났으니 하나의 생이라도 갖게 된 걸지도 모르겠다. 이곳을 거닐며 나를 살게 하는 부품이 무엇인지 생각해보았다. 메인 프로그램일까, 하나가 집어넣은 하나뿐인 친구의 칩셋일까, 그것도 아니라면 얼키설키 꼬인 수많은 회로일까.

적어도 회로는 아니었다. 골짜기같이 난 길을 걷

101

던 중, 일시적으로 다리와의 연결이 끊어졌다. 나는 균형을 잃고 무덤 쪽으로 넘어졌다. 내게 깔린 안드로이드가 부서지는 소리를 냈다. 위쪽에 쌓인 것들이 쏟아져 내렸다. 말을 하지도 움직이지도 듣지도 생각하지도 못하는 사물들이 나를 뒤덮었다. 발끝부터 가슴께까지가 그것들 사이에 파묻혔다. 겨우 묻히지 않은 건 머리와 오른팔뿐이었다. 고개를 숙여 팔을 바라보았다. 수십 개의 손가락이 여기저기 삐져나와 있었다. 무엇이 내 손이지. 손가락을 까딱였다. 주변에 있는 것들이 함께 움직였다. 이것들이 나의 부품이 된 것 같다가도 내가 이들의 일부가 된 것 같았다.

몸을 꿈틀거릴 때마다 위쪽에서 부품들이, 다른 로봇 신체의 일부가 굴러떨어졌다. 눈앞에 낯선 안드로이드의 머리가 안착했다. 몸통이 없는 머리였다. 목에는 뜯겨 나간 흔적이 선명한 전선들이 삐져나와 있었다. 머리통은 일그러지고 깨져 성한 데가 없었다. 그것의 검은 눈이 나를 향했다. 거기엔 머리카락도 피부도 눈썹도 동공도 콧대도 입술도 없는, 한때는 매끈했을 둥근 머리의 안드로이드가 있었다. 마찬가지로 네모난 검은 눈을 가진. 그 검은 눈에는 다시 머리만 남은 안드로이드가 비쳤다. 나와 닮았다. 끝없이 반사되는 서로의 모습을 바라보았다. 그러다 하나의 얼굴이 떠올랐다. 나와 닮았다고 말하던 하나가. 그래서 나를 깨웠다던 하나가. 내가 나의 삶을 갖기를 바란다던 하나가.

살아야겠다. 살아남아야겠다. 과부하를 알리는 경고창이 눈앞에 떴다. 온 신체에 정신이 퍼져나갔다. 몸을 일으켰다. 내겐 하나가 준 삶이 있다. 나의 하루는 하나가 있기에 존재했다. 살아가는 존재가 된 이상 모든 인간이 목적을 가지고 살아가듯 나 역시 생에 목적을 가져야겠다. 몸을 뒤덮고 있던 부품들이 달그락거리며 내게서 떨어져 나갔다.

하나를 다시 만나야겠다.

하나를 찾아야겠다고 생각했지만 할 수 있는 게 없었다. 내가 있는 위치뿐만 아니라 하나의 집이 어디인지도 몰랐으며 학교로 간다고 한들 사람들에게 들키지 않아야 했다. 결국 내가 할 수 있는 거라곤 기다리는 일뿐이었다. 언젠가 느꼈던 무력감이 찾아

들었나, 박지유와 김화예, 그 무리의 얼굴이 떠올랐다. 그래도 이번에는 괜찮았다. 하나라면 나를 찾을 수 있을 거라는 믿음이 있었다. 그 애는 나를 찾아낼 거라고 했으니까. 그 아이는 똑똑한 아이니까.

하지만 기다리는 건 전시실에서 했던 것보다 어려웠다. 바깥은 생각과 달랐다. 내게는 제약이 많았다. 드물게 무덤을 오가는 사람들 때문에 파이프에 숨어 있어야 하는 시간이 길었다. 그러는 내내 하나가 찾아왔을지도 모른다는 생각이 지배적이었다. 인기척이 사라지면 밖으로 나와 눈에 잘 띄는 곳을 돌아다니다가도 다시 인기척이 나면 기계들 사이로 몸을 숨겼다. 그 방법이 썩 좋지 않다는 걸 깨달은 건 다리가 기계인 여성이 다가왔을 때였다. 여성은 내 바로 옆에서 나뒹굴고 있는 안드로이드의 다리를 뽑아갔다.

무덤에 방문하는 사람들은 대부분 사내와 같은 기계 인간들이었다. 그들은 제게 필요한 부품을 찾아 무덤을 헤집었다. 부품을 주운 뒤에는 검은 망토를 둘러싼 정체불명의 인물을 찾아갔다. 다리를 뽑아간 여성도 마찬가지였다. 검은 망토는 여성에게 기계 다리와 돈을 건네받은 뒤 망토 속에서 주사기를 꺼내 여성의 다리에 꽂았다. 사전 준비도 언질도 없이, 한 치의 망설임도 없는 행동은 익숙해 보였으며 여성 역시 마찬가지였다. 그저 고개를 다른 쪽으로 돌릴 뿐이었다. 검은 망토는 여성의 기계 다리를 쑥 뽑아냈다. 다리가 빠져나간 자리에는 내 어깨처럼 전선이 엉켜 있었다. 검은 망토는 건네받은 다리의 전선과 여성의 전선을 이리저리 만지며 접합시켰다. 아픈 기색은 조금도 없었다. 작은 상처에도 안절부절못하던 하나와 달랐다. 종이에 베인 하나의 손가락에서는 피가 났고 그날 하나는 종일 따갑다는 말을 입버릇처럼 달고 다녔다. 씻을 때면 쓰라리다고, 청결하게 유지해야 한다며 입을 삐죽였다. 하지만 팔을 뽑고 다리를 뽑는 저들은 아무렇지도 않아 보였다.

"한 달이야. 썩을 대로 썩었어."

"한 달 뒤에 또 올게요."

여성은 인사를 건네고 사라졌다. 검은 망토도 그 길로 무덤을 떠났다.

그 후로도 종종 검은 망토를 입은 사람을 보았다. 하루는 신체를 기계로 대체하지 않은, 평범해 보이는 남성이 검은 망토를 찾아왔다. 남성은 손에 동그란 기계를 들고 있었다. 검은 망토는 기계를 받고 곤란한 표정을 지었지만, 이내 평평한 곳에 남성을 눕혔다. 그에게 주사를 꽂아 넣자 남성은 눈을 감고 잠이 들었다. 검은 망토는 남성의 배를 갈랐다. 몸 안에서 동그란 기계를 꺼내고 받아낸 기계를 다시 집어넣었다. 한참이 지난 뒤 남성은 다시 눈을 떴다. 기기 교체에 무지한 내가 보아도 위험해 보였다. 검은 망토는 경고하듯 그에게 언질 했고 남성은 떠났다.

전원이 꺼지기 직전 같이 늘어진 몸을 이끌고 찾아온 기계 인간들은 검은 망토의 손길에 다시 깨어났다. 검은 망토는 매번 일정한 시간을 그들에게 선고했고 돌아가는 기계 인간들은 모두 그런 순리에 익숙해 보였다. 어째서 그들이 정식 의료기관이 아닌 무덤에서 기기 교체를 시도하는지 의문이 들었다.

하지만 언젠가부터 나는 검은 망토를 이곳에서 다시는 보지 못했다. 찾아오는 기계 인간들도 그즈음 사라졌다. 무덤을 관리하는 관리자들이 순회하며 기계 인간을 쫓아냈기 때문이었다. 그렇다고 그들이 사라진 건 아니었다. 나는 떠나는 검은 망토의 마지막 목소리를 들었다. 그런다고 우리는 사라지지 않아. 여전히 다른 곳에서 살아가고 있지. 그들은 다른 무덤으로 떠나가고, 결국 기계였던 나만이 이곳에 덩그러니 남았다.

한동안은 비가 오래 내렸다. 파이프 안까지 물이 찼다. 수분 감지 경고등이 쉬지 않고 깜빡였다. 움직이는 게 쉽지 않았다.

비가 그친 뒤에는 어떻게든 몸을 말리기 위해 밖으로 나와 무덤 사이에 몸을 기댔다. 외장케이스에 맺힌 물방울은 서서히 말라갔지만, 내부에 찬 습기는 쉬이 가시지 않았다.

몸을 기댄 채 옆으로 고개를 돌리니 무더기처럼 쌓인 머리들이 영원히 꺼진 눈으로 나를 바라보고 있었다. 오래 몸을 기대고 있으니 이들 사이로 파묻히기 시작했다. 그들이 나를 끌어당기는 것 같았다. 몸이 무뎠다. 기계가 되어가고 있는 걸까. 이들은 나를 기다리기라도 하는 걸까.

체내에 물기가 마르지 않아 결국에는 많은 기능이 고장 났다. 전력이 빠르게 떨어졌다. 각 부위로 전력이 도달하지 않는 순간들이 잦았다. 그러면서 몸이 굳었다. 생, 생, 생, 생각을 하, 하는 것도 둔해졌다. 하나의 말을 빌리자면 정신이 멍했다. 나는 사물로 돌아가는 중이었다.

눈앞에 시스템 이상 경고창이 떴다. 시스템이 수분을 시시때때로 감지하고 한 회로에 이상이 생길 때마다 눈앞에는 시스템 이상 알림이 찾아들었다. 빨간 네모 안에 [위험]이라는 글씨가 번쩍였다. 바라보는 것마다 경고창이 붙었다. 세상에 경고 딱지가 붙은 것 같았다. 간혹 하나를 떠올릴 때도 [위험]이 떴다. 그러면 하나 생각을 멈추었다. 파이프 내부에 앉아 조잘거리는 하나에게 금방이라도 위험이 찾아올 것만 같았다.

나는 다른 때와 같이 경고 딱지가 붙은 파이프 천장을 보며 벽에 등을 기댔다. 가끔 벌레들이 벽을 타고 기어올랐다. 벌레의 등 위로 경고등이 불규칙적으로 깜빡거렸다. 그러다 정신이 끊긴 것도 같았다. 다시 돌아온 정신으로 경고등을 보고, 다시 멍해지기를 반복했다. 내게 영혼이 있다면 그 영혼이 신체와 신체 외부에 반쯤 걸쳐진 느낌이었다. 정신이 혼미했다. 물론 아프지는 않았다. 다만, 다시 사물로 돌아가는 중이었다. 무력하게. 결국 나는 기계구나.

희미한 정신으로 파이프 밖으로 트럭 한 대가 지나가는 걸 보았다. 내가 타고 왔던 것과 비슷한 차량이었다. 거기서 기계들이 쏟아져 나왔다. 트럭 운전사가 차에서 내려 짐칸에 남은 기계까지 모조리 내던졌다. 그의 일행도 운전사를 도왔다. 일행은 쓰레기를 버리다 말고 부품 한 조각을 주워들었다.

"이런 건 분해소에서 안 받나? 여기 미관상으로 너무 그렇잖아."

"분해소에서도 수용을 다 못한다잖아. 별수 없지, 뭐. 이런 데가 있어야 기계 인간들이 자기들 몸 겨우 고친다는 얘기도 있고."

"설마 그러겠…."

탈칵

"눈 좀 떠봐."

하나였다.

7

하나가 울먹였다. 금방이라도 눈물을 떨어뜨릴 것 같은 표정을 지었다. 야, 눈 좀 떠봐. 왜 이런 표정을 짓고 있을까. 나는 하나가 웃었으면 좋겠는데, 늘. 꺼져가는 나를 보면서는 울먹이기를 바라는 걸까? 이상하다. 그런 생각을 한 적이 없는데.

가상의 하나에게 느릿하게 물었다.

"왜, 그런, 표정이에요?"

"네가, 네가…."

울먹이는 목소리가 생생했다. 전력을 아끼고 싶었지만 이미 재생되고 있는 영상은 계속 진행되었다.

이대로 하나를 보는 게 나쁘지 않았다. 아니, 좋았다. 매일 컴컴하고 어둑한, 물기 가득한 공간에서 무덤 일부가 될 날을 기다리는 것보다, 사물이 되어가는 것보다 이렇게라도 하나를 보니 좋았다.

아주 많이 오랜만이었다. 전력을 아끼기 시작한 이후로 최대한 하나를 떠올리지 않기 위해 노력했다. 하나가 나를 찾기를 바랐으면서도 이곳에서 지낸 시간이 길어질수록 이곳에 오지 않기를 바랐다. 비가 내리기 시작하던 날부터였다. 바닥이 미끄러웠고 시시때때로 부품들이 굴러떨어졌다. 기계들이 서로 부딪쳐 작은 스파크를 일으키는 일도 잦았다. 깨지고 부서지고 금이 가고…. 여기엔 날카로운 것들이 많았다. 내 몸에도 어느새 홈이 많이 생겼다. 표피가 뜯겨나가며 함께 거칠어졌다. 나도, 이곳도 하나에게 좋지 않았다. 쉽게 다칠 것 같았다. 그러니 어쩌면 하나가 나를 찾지 않는 게 더 좋을지도 모른다고, 하나에게 더 좋을지도 모른다고 생각했다.

그러면 지금 보는 이 하나가 마지막이겠다. 여기서 방전되고 나면 다시는 깨어나지 못할 걸 안다. 그 사내처럼 의도치 않게 전원을 켤 수도 없을 것이다.

그렇게 나는 한쪽 팔만 남은 채 다른 안드로이드처럼 변색 되겠다. 언젠가 다시 무덤으로 돌아오는 기계 인간들에게 마지막 팔과 다리까지 뜯겨서 부품만 남을지도 모르겠다. 그렇게 하나씩 빼앗기다가 내게 마지막으로 남는 건 무엇일까. 끝까지 나를 유지시킬 수 있는 게 있다면 그건 무엇일까.

하나의 얼굴이 갈라졌다. 지직, 지직, 가로로 찢기고 픽셀로 조각났다. 천천히 내게 손을 뻗어왔다. 몸을 천천히 더듬었다. 어쩔 줄 모르는 표정으로 울 것만 같았다. 이상하다. 다른 모습의 하나를 보고 싶은데 그게 되지 않았다. 떠오르는 하나의 얼굴은 이미 울상인 하나의 얼굴에 겹치다가도 흩어졌다. 눈물 어린 하나만이 남았다.

"조금만 기다려."

그 말을 끝으로 하나는 시야 밖으로 사라졌다. 느릿하게 겨우 몸을 일으켜 하나가 사라진 방향으로 고개를 돌렸다. 마지막 힘이었다. 파이프 입구를 향해 하나가 기어가고, 바깥으로 사라졌다. 그렇구나. 이렇게 하나를 떠나보냈다. 그대로 나는,

"내가 보여?"

눈앞에서 손바닥이 좌우로 움직였다. 손바닥에 새겨진 잔주름이 익숙했다. 기다란 손가락이 보였고 손 너머로, 손가락 사이로 그 애의 젖은 눈이, 그 애의 얼굴 위에 졌다가 사라지는 손그림자가, 엉망이 된 머리카락이, 어둑히 내려앉은 그림자가. 바깥에서 드리우는 빛을 따라 고개를 돌리면, 파이프 밖에서 시작된 작고 둥근 점 같은 빛이 있었다.

"내가 보이면 고개를 끄덕여봐."

점 같은 빛을 향해 뻗었던 시선을 찬찬히 되돌리며 다시 그 애의 얼굴로 돌아왔다. 이제는 보였다. 하나, 그저 하나를 응시했다. 경고창이 생성되지 않았다. 정신이 또렷해졌다. 하나가 나를 기다리고 있었으니 천천히 고개를 끄덕였다. 하나가 밝게 웃었다. 그림자는, 날카로운 몸과 어둑하고 축축한 공간은 아무런 문제가 되지 않았다. 나는 다시 깨어났고 이건 진짜 하나다. 하나가 나를 찾아왔다. 배터리가 교체되었다.

"다행이다."

하나가 밝게 웃으며 털썩 주저앉았다. 바닥에 고인 물이 사방으로 튀었다.

"아, 맞다. 더러워졌네. 축축해라. 그래도 괜찮아. 너는….."

톡, 하고 천장에서 물방울이 내 머리 위로 떨어졌다. 하나가 제 옆에 널브러진 옷 뭉치를 주워들었다. 뭉치를 헤집어 젖지 않은 부분으로 떨어진 물방울을 닦아주었다. 그제야 파이프 내부는 여전히 습했지만 나는 그중에도 가장 건조한 곳에 있다는 걸 깨달았다. 하나가 씩 웃었다.

하나에게 다가가기 위해 다리를 움직이려 했으나 가동이 되지 않았다. 상체를 세우는 것도 마찬가지였다. 모든 기능이 아직 제 역할을 해내지 못했다. 한 번 더 하반신에 전류를 흘려보냈을 때 나는 갑자기 옆으로, 고여 있던 물웅덩이로 쓰러졌다. 하나가 화들짝 놀라 다가왔다.

"괜찮아?"

하나는 들고 있던 옷 뭉치로 내 몸을 닦다가 잘되지 않았는지 입고 있던 긴 팔 티셔츠를 벗었다. 얇은 민소매 한 장만 걸친 하나의 몸에는 여태까지 보지 못했던 자잘한 상처가 생겨났다. 여기저기 긁히고 멍든 팔이 내게로 향했다.

"하나, 몸이 이상해요."

거칠어진 몸을 닦아주던 손이 왼쪽 어깨에서 멈추었다. 하나의 시선이 한동안 휑해진 팔에 머물렀다.

"만지면 위험해요."

하나의 손으로부터 멀어지고 싶었으나 소리를 내는 게 겨우였다. 하나는 전혀 좋아 보이지 않는 표정으로 웃으며 옴짝달싹 입을 움직였다.

"괜찮아, 괜찮아⋯."

몇 번이고 나를 향해 읊조리는 말은 주문처럼 들렸다. 주문은 입 주위를 맴돌다가 하나에게로 다시 돌아갔다. 그러니까, 내가 괜찮다고. 그래서 그렇게 말해야겠다고 생각했다.

"하나, 저는 괜찮아요. 팔은 이렇게 됐지만 아프지는 않아요. 넘어져도 다치지 않고요."

하나는 빳빳하게 매달린 전선을 쓰다듬었다. 여태 하나에게 한 번도 드러난 적이 없었던, 하나의 손길이 닿지 않았던 내밀한 부분이었다.

"위험해요."

"생채기가 이만큼이나 생겼잖아. 팔이 이렇게 됐잖아."

하나는 개의치 않고 뜯겨져 나간 부품을 매만졌다. 어쩌면 내게 처한 모든 상황이 본인 때문이라고 생각할지도 몰랐다.

"정말 괜찮아요. 하나가 다시 저를 깨워주었잖아요. 하나는, 괜찮아요?"

"나는 괜찮아. 네가 여기 있잖아. 분해소로 간 게 아니니까 그걸로 괜찮아. 늦어져서 미안해."

"미안해하지 말아요."

하나는 내 옆으로 와서 앉았다. 파이프 안으로 바람이 들어왔다. 하나는 양손으로 두 팔을 비볐다. 상처가 따가운지 얼굴을 구겼다. 그러다가도 아무렇지 않은 척했다. 모든 상황이 하나에게 좋지 않았다. 기분이 나빠지기 시작했다. 바라지 않았던 순간이었다.

"하나, 여기는 어떻게 왔어요?"

사실은 '왜' 왔느냐고 묻고 싶었다.

하나는 내가 타고 간 트럭을 찾았다고 했다. 그리고 트럭이 가는 폐기장을 조사했다고. 어렵지 않았다고 웃어넘기는 얼굴에도 작은 상처들이 있었다. 물에 젖어 헝클어진 머리카락이 이마와 코를 가로질러 늘어졌다. 여기가 처음은 아니었을 것이다. 이곳

말고도 수많은 폐기장을 돌아다녔을 것이다. 몸에 새겨진 생채기만큼 수없이 많고 넓은 곳을 뒤지며 나를 찾아다녔을 것이다. 그런 하나의 모습을 상상하니 온몸의 회로가 저릿해졌다. 막상 하나가 나를 찾아낸 게 생각만큼 기쁘지는 않았다. 물론 기쁜 감정도 있었다. 이런 양가적인 감정이 익숙하지 않았다. 기쁜 감정을 향해 분노가 발생했다.

"하나, 상처가 왜 이렇게 많아요. 세균 감염되면 어떡해요. 걱정 많았잖아요."

하나에게 손을 뻗고 싶어도 몸이 먹통이었다. 하나의 상처를 만지고 치료해주고 싶었다. 어쩌면 움직이지 못해서 다행일 수도 있었다. 이런 몰골이 더 큰 세균이 될지도 몰랐다. 하나는 특히 깊게 긁힌 듯한 손을 뒤로 감추었다.

"왜 그렇게까지 해서 저를 찾아온 거예요?"

제가 뭐라고. 그 말이 음성장치에 준비되었다. 하지만 뱉지는 않았다. 그래야 할 것 같았다.

"네가 이렇게 되어버린다는 걸 아는데, 내버려 둘리가 없잖아. 나도 그 아픔을 아는데. 내가 너를 깨웠는데."

역시 하나는 상황이 이렇게 된 데 자신의 책임이 있다고 생각하는 듯했다.

"하나, 가요. 저는 괜찮으니 가서 치료받아요. 하나에겐 치료가 필요해요."

"응, 알겠어. 조금만, 조금만 더 있다가 돌아갈게."

"가면 언제 또 볼 수 있나요?"

하나가 놀란 표정으로 나를 쳐다보았다. 내게 얼굴이 있었다면 나도 하나와 같은 표정을 지었을 것이다. 먼저 생성하고 뱉은 말이 아니었다. 자의로 한 말이 아닌 것도 같았고 모든 과정이 동시에 일어난 것도 같았다. 그러니까, 의식이 개입되지 않았다고 해야 할까. 정신의 주체를 입에게 빼앗긴 것처럼 느껴졌다. 목소리는 여전히 일정하고 차분했고 얼굴도 그저 민둥민둥했다. 눈동자도 없었으며 감정을 드러낼 눈썹도 미간 주름도 입꼬리도 없었다. 하지만 내게 그 모든 게 있었다면, 나는 어떤 입모양으로 이런 말을 했으려나. 망가진 나를 내려다보던 하나의 눈꼬리와 닮았으려나. 표정을 가진 나는 잘 상상이 가지 않았다. 아무리 떠올려보아도 내게는 어떤 감정도 담아내지 못하는 머리가 덩그러니 달려 있을 뿐이었다. 하나는 그런 내게서 표정이라도 읽은 듯, 상처 가득한 몸으로 다가와 나를 끌어안았다.

"여기로 다시 돌아올게. 네가 어디 있는지 알았으니까. 이렇게 두지 않을 거야."

"하나가 원할 때면 자유롭게 올 수 있는 건가요?"

하나가 나를 더 세게 끌어안았다. 찬찬히 입을 떼며 내게 속삭이기 시작했다. 이야기를 들으니 머릿속을 혼란스럽게 만들던 생각들이 차분해졌다. 나를 진정시키는 듯한 나지막한 목소리가 듣기 좋았다. 하지만 내내 하나의 심장이 불안정하게 뛰었다. 왜 그런지 알 수 없었다. 내용을 미루어보았을 때, 하나가 선호하는 이야기는 아니었다. 다만 들려줘야만 했다. 하나가 원하지 않아도 해야만 했다. 그래야 내가 모든 상황을, 앞으로의 상황을 이해할 수 있다는 걸 하나도 알았다.

내게 심장이 있었다면 하나의 박동에 맞춰서 함께 뛰었으려나. 마음과 마음이 만나서 말하지 않아도 서로를 이해할 수 있었을까. 나는 하나를 알지만 하나가 일일이 말해주지 않으면 마음을 읽을 수 없었다. 마음을 읽을 수 있는 건 마음을 가진 자의 특

119

권 같았다.

나는 자유로워. 시오가 내게 자유를 준다고 했어. 그러니까, 한동안은. 내가 하고 싶은 걸 다 하게 해 줘. 심장을 건네준 뒤로 많은 것이 바뀔 테니까. 나는 기계 심장을 달게 되겠지만 어떻게 될지 모를 테니까. 부모님도 시오의 고집에 마지못해 허락했어. 단, 돌아온다는 조건으로. 시오에게 몰래 네 이야기를 했더니 트럭이 들르는 폐기장을 찾는 걸 도와주었어. 나는 네 이야기를 전부 전해줄 거야. 언젠가 내가 돌아오지 못해도 시오가 올 수 있게. 네가 혼자가 되지 않게. 시오는 나와 똑같이 생겼으니 알아볼 수 있을 거야.

하나가 떠난 뒤에도 하나의 말이 반복 재생되었다. 알아볼 수 있을 거라는 말은 하나가 아니라는 걸 알아볼 수 있다는 걸까? 나는 하나를 기다리는 동안 다시 걸을 수 있게 되었고, 여전히 자주 넘어졌지만, 파이프 밖으로 나가 무더기로 쌓인 기계들을 보며 시간을 보냈다. 우리는 다르지 않게 생겼다. 생각이 무뎌지는 때가 오면 여전히 사물로 돌아가는 순간을 체험했다. 여러 폐기장에서 어쩌면 하나는 나와 똑같이 생긴 안드로이드를, 또 다른 제로 시리즈들을 만났을지도 몰랐다. 하나는 그들과 나를 어떻게 구별했을까. 일일이 배터리를 교체하며 다시 전원을 켜보기라도 했을까. 방전된 나는 그저 저들과 다를 바 없는 사물에 불과한데. 외양도 목소리도, 물리적인 모든 것이 같을 때, 나는 하나와 시오를 구별할 수 있을까.

하나는 일주일 뒤에 다시 돌아왔다. 그새 자잘한 멍들은 가시고 상처도 많이 아물었다. 상처 때문에 여러 검사를 받느라 오랜만에 학교에 갔다고 했다. 이제는 학교에 가지 않아도 상관없었지만, 그냥 학교에 가고 싶었다고 했다. 물론 자기를 반겨주는 사람도 없었으며 그동안 밀린 숙제를 알려준 사람도, 하나의 안부를 물어보는 사람도 없었지만, 하나가 없어도 수업은 계속해서 진도를 나갔고, 한 번도 참석해보지 못했던 '나만의 로봇 만들기'가 어느새 끝물을 향해 달리고 있었지만, 이미 로봇을 다 만들어 발표하는 학생도 있었지만, 학교생활이 얼마 남지 않았을지도 모르니까, 그냥, 그냥이라고.

"하나는 그 수업을 듣고 싶었죠?"

"맞아. 아, 정말. 진짜 하고 싶었는데. 처음으로 학교 수업이 재미있을 거라고 생각했는데. 네가 있는 곳에서 수업했잖아."

"제가 거기 더는 없어도요?"

"…응. 마지막일지도 모르잖아. 있잖아, 나는 너를 만나기 전까지 학교가 전혀 즐겁지 않았거든? 그래도 학교를 계속 다니면 평범한 학생이 될 수 있을 거라고 생각했어. 늘 그런 기대를 했나 봐. 다들 딱히 그렇게 생각하지는 않았던 것 같지만."

하나는 무릎을 모아 끌어안은 채 바닥을 내려다보았다. 나는 하나의 말을 듣고 있다는 의미로 고개를 끄덕였다.

"그래서 너를 깨웠어. 너는 나를 있는 그대로 봐줄 테니까."

"저는 하나가 무엇이든 상관없어요."

고개를 돌려 나를 바라보는 하나의 눈동자에는 여전히 내가 담겨 있었다. 다시 살아난 나를 마주했다. 외팔이 된 내가 하나를 위해 할 수 있는 일이 떠올랐다.

몸을 일으켜 파이프 밖으로 나갔다. 하나가 어디 가느냐며 따라왔다. 원통 내부에 우리 둘의 발소리가 탈칵탈칵, 타박타박 울렸다. 소리의 재질이 달랐다.

파이프 정면에 쌓여 있는 부품들 사이에서 오래된 안드로이드를 발견했다. 머리는 없고 몸통과 팔만 남은 것이었다. 팔이 기계였던 사내를 떠올리며 안드로이드의 몸을 발로 밟고 한 손으로 팔을 잡아당겼다.

"뭐 하는 거야?"

하나가 화들짝 놀란 목소리로 물었다. 나는 아랑곳하지 않고 그것의 팔을 더 세게 쥐었다. 힘을 주고 몇 번 더 잡아당기니, 어깨가 부서지는 소리가 나며 팔이 뽑혀 나왔다. 부식된 전선이 힘없이 늘어졌다. 그걸 하나에게 내밀었다.

"이걸 왜…."

하나가 한 발 뒤로 물러섰다. 그 걸음만큼 다시 다가갔다.

"하나, 저를 고쳐줘요."

하나가 입을 꾹 다물고 팔을 쳐다보았다. 나는 팔을 내민 채 가만히 서 있었지만 하나는 좀체 받지 않았다. 제 앞에 내민 손을 잡지 않았다. 어째서 받지 않는 건지 알 수 없었다.

"하나는 할 수 있어요. 저를 하나만의 로봇으로 만들어요."

"너를?"

나를 쳐다보지 않고 여전히 팔을 보며 입을 여는 하나의 말과 말 사이 간격이 길었다. 생각이 복잡하기라도 한 걸까. 하나는 한참이나 뜸을 들이다 말을 이었다.

"너를 내 멋대로 만들고 싶지는 않아."

"하나 멋대로가 아니에요. 보다시피 저는 팔도 한 짝이 없고 성한 곳이 없어요. 하나도 제가 예전 같지 않다는 걸 알잖아요."

내게는 배터리를 제외하고도 수많은 문제가 생겼다. 무수히 넘어지고 습한 공간에 노출되면서 잔고장이 늘었다. 물론 넘어질 때마다 추가되는 사사로운 문제는 내게 정말 사소한 것들이었다. 아무렇지 않게 삐걱대며 일어나고 다시 넘어지기를 반복했다. 그럴 때마다 대신 아파하는 건 하나였다. 물리적인 아픔은 아니었다. 하나가 나를 대신해 아픔을 느끼는 이유를 어렴풋이 이해할 뿐이었다. 하나는 내가 점점 무뎌지고 있다는 사실을 알았다. 나는 자주 버벅였고 시스템이 불식간에 꺼졌다.

"이대로라면 머지않아 저는 하나가 고칠 수 없을 정도로 고장 나버릴지도 몰라요. 아무리 하나가 똑똑하더라도요. 그러니까 하나가 처음부터 다시 만드는 거예요. 다시 살리는 거예요. 저로요. 다른 안드로이드들과 다르게."

"너로…."

"네. 하나가 단번에 나를 찾을 수 있게."

곰곰이 생각하던 하나가 고개를 들어 나를 바라보았다. 웃었다.

"그래. 세상에 단 하나뿐인 너로 만들어줄게."

그러곤 여태껏 내밀고 있던 팔을 건네받았다. 그걸 사용하지는 않았다. 오히려 원래의 주인에게로 돌려주었다.

"대신 다른 친구들의 팔을 쓰지는 말자."

다음 날 하나는 눈 밑에 거뭇한 다크서클을 달고 찾아왔다. 등에는 제 몸만 한 커다란 가방을 이고 양쪽 팔에도 커다란 가방을 짊어지고 있었는데, 그

안에는 각종 부품과 공구, 그리고 책과 노트가 가득했다. 파이프 안쪽에 짐을 내려놓고 잠시 나를 껐다. 다시 켜졌을 때 하나의 손에는 드라이버가 쥐어져 있었다. 책이 여기저기 펼쳐져 있었고 노트에도 필기가 빼곡했다.

그다음에도 또 그다음에도 하나는 나를 찾아올 때마다 노트에 빼곡하게 나를 고칠 방법을 정리해 나갔다. 어지럽게 널려 있던 부품과 공구들은 구역을 나누어 정리되어 있었고, 어느 날에는 노트가 아닌 패드를 들고 왔다. 시오가 선물해준 거라며 자랑한 하나는 그간 노트에 정리해두었던 것들을 패드에 옮기느라 밤을 새웠다. 그렇게 나는 몇 번이나 꺼졌다 켜지기를 반복했다. 그러는 동안 딱히 무언가가 바뀌는 걸 느끼지는 못했다. 그보다 더 시간이 지난 뒤, 본격적으로 하나가 나를 해체하기 시작한 이후로 변화를 감지했다. 날이 갈수록 더 고장 났다. 그러니까, 하나의 손이 닿는 곳이 고쳐지면 또 새로운 문제가 터졌다. 그만큼 회로가 복잡하게 꼬여 있었다. 하나가 아무리 이런 데 능하다고 해도, 하나의 말을 빌리자면,

126

"프로는 아니야."

어쨌든 하나는 차근차근 나를 고쳐나갔다. 완전히 새로운 코드를 짜기도 하고 가지고 있던 기능을 삭제하기도 했다. 그러는 동안 왼쪽 팔이 먼저 만들어졌다. 제 기능은 아직 무리였지만 팔은 부식되고 일그러진 알루미늄으로 다시 만들어졌다. 뭉툭한 팔목 끝, 손이 된 건 국자였다. 하나는 국자 손을 보며 한바탕 웃었다. 그래서 손이 국자인 게 나쁘지 않았다. 하지만 국자 손은 있으나 마나였다. 우리는 국을 떠먹을 일이 없었기에 결국 국자를 뗐다. 한 가지 아쉬운 게 있다면 하나에게 카레를 퍼주지 못하는 것 정도였다.

예전처럼은 아니어도 최소한으로나마 관절을 사용할 수 있게끔 손바닥과 손가락이 구분되었다. 그렇게 나는 네 개의 티스푼을 가지게 되었다. 하나가 한 개를 덜 챙긴 것이긴 했지만 네 개의 손가락도 좋았다.

하나는 점점 변해가는 내 모습을 볼 수 있게 거울을 가지고 왔다. 거울 앞에 섰을 때 나는 처음으로 나를 직시했다. 이전과는 달랐다. 양팔은 길이가 짝짝이였고 넘어져서 함몰되고 깨졌던 오른쪽 허벅지에는 음각이 졌다. 표면은 울퉁불퉁했고 깨졌던 곳에는 물이 들어가지 않게 전기 테이프가 덕지덕지 붙었다. 납땜에 실패한 흔적을 가리기 위함이기도 했다. 멀쩡한 모습은 아니었지만 좋았다. 나는 세상에 단 하나뿐인 존재가 되었다.

하나가 오지 않는 때면 온종일 거울 앞에 앉아 있었다. 새로워진 모습을 보고 있으면 더 이상 사유 체계에 손을 대지는 않았지만 정신도 달라지는 게 느껴졌다. 하나는 내가 뭐든 할 수 있게 만들었다. 그러니 하나도 뭐든 할 수 있었다. 뭐든 될 수 있었다. 그렇다면 하나는 뭐가 되고 싶을까.

하나는 내가 온종일 거울 앞에 앉아 생각을 너무 많이 한다며, 그러다가는 머리에 과부하가 오겠다며, 사람도 그렇게 머리를 팽팽 돌리다가는 터져버린다며 잔소리했다. 하지만 하나가 오지 않는 시간에는 거울을 보거나 근방을 걷거나 기다리는 것이 내가 할 수 있는 전부였다. 흘러가는 시간이 아깝다는 것도 느끼지 못했고 그 시간이 무료하게 여겨지지도 않았다.

"뭘 할지 모르겠지. 그게 무료한 거야."

그래서 하나는 내게 패드를 사용하는 법을 알려주었다. 패드에 그림을 그리는 법, 소설을 읽는 법, 영화와 드라마를 보는 법, 라디오를 듣는 법… 개중에서도 나는 세상을 볼 수 있는 실시간 방송이 좋았다. 내가 보지 못했고 몰랐던 바깥을 볼 수 있었다. 알 수 있었다. 나는 하나가 알려준 대로 영상을 보기 시작했다. 안드로이드 개발 영상을 찾아보기도 했고 어느 날에는 제로제로를 검색해보기도 했다. 나에 대한 정보를 알 수 있을까 싶어서였다. 하지만 제로제로를 검색했을 때 나와 관련된 것은 조금도 없었다. 하나 몰래 기계 심장에 대해서도, 복제인간에 대해서도 찾아보았다. 의료목적으로 만들어지는 복제인간들이 사용된 이후 어떻게 되는지에 대한 영상이 수두룩했다. 윤리적인 문제를 제기하는 영상이 있는가 하면 복제인간을 발달형 의료품이라 칭하는 영상도 있었다. 후자는 이렇게 말했다. 의료기기가 제 몫을 다하면 어떻게 되나요. 당연히 폐기하죠. 그들을 인간으로 여기는 것이야말로 생명윤리에 어긋나는 거 아닌가요? 거기에 동의하는 사람들이 많았다. 살아 있는 사람들은 자신들의 특권을 주장했다.

여느 날과 다름없이 하나를 기다리며 영상 스크롤을 내리고 있었다. 그날은 검사가 있는 날이었다. 하나는 늘 '검사'라고 어렴풋이 말할 뿐이었다. 나는 검사에 대해 종종 검색했고, 검색기록은 나를 의료 박람회에서 진행 중인 실시간 방송으로 이끌었다. 흰 가운을 입은 연구원이 단상 위에서 발표 중이었다.

"오늘 우리는 유전자 가위가 질병뿐만 아니라 탤런트에도 영향을 미칠 수 있음을 밝힙니다."

영상에 보이지 않는 사람들의 웅성거림이 들려왔다. 연구원은 뜸을 들이다 말을 이었다. 그의 뒤에 띄워진 화면이 넘어가며 복잡한 유기체 그림들이 펼쳐졌다.

"아시다시피 이 기술은 우리의 질병을 치료하는 데 많은 기여를 했습니다. 많은 불치병과 희소병, 유전 질환이 유전자 가위를 통해 치료되었죠. 우리는 이 기술을 더욱 넓은 영역에 적용할 수 있을 것으로 보았습니다. 그 결과, 유명한 수학자와 과학자, 화가와 음악가 등, 각 분야의 천재들에게는 고유한 탤런트 유전자가 있다는 사실을 알아냈습니다. 우리는 복제된 태아의 염기서열을 편집하여 천재들이 가졌던 탤런트 유전자를 삽입했습니다. 이번 연구에 크게 이바지한 T-389 박사도 유전자 가위를 통해 배아 된 복제인간입니다. 그의 원본에는 의학적 재능이 없다는 사실을 한 번 더 짚고 넘어가겠습니다."

연구원의 말이 끊기자 단상 한쪽에 엉거주춤 서 있던 한 사내가 화면에 등장했다. 화면은 잠시 그를 보여주다가 다시 연구원을 비추었다.

"나아가 우리는 다음 연구를 진행하려 합니다. 이렇게 배아 된 복제인간의 장기를 인간에게 이식했을 때, 그의 탤런트가 원본에게 어떤 영향을 미칠지 말입니다. 이 연구가 성공적으로 이루어진다면 복제인간의 신체도 더욱 다양한 방면에서 유익하게 활용될 수 있을 것으로 기대됩니다."

연구원의 말이 끝나자 다시 화면이 넘어가며 두 장의 사진이 나타났다. 두 얼굴 모두 낯이 익었다. 모두 하나였다. 아니,

"심장병을 앓고 있는 정시오와 Ta-772입니다."

그 순간 흩어져 있던 정보들이 한데로 모여들며

나는 많은 사실을 깨닫기 시작했다. 두 사람이 각기 다른 성향과 재능을 가진 건 단순히 기질 차이가 아니었다. 시오가 심장이식을 미룬 것도, 그들의 부모가 그렇게 허락한 이유도, 어쩌면 하나를 생각해서가 아니라 단지 시오를 위해서였을지 몰랐다. 시오는 외교관이 되고 싶었으니까. 프랑스어를 열심히 했으니까. 시오가 두려워했던 대로, 하나의 재능에 영향을 입을지도 몰랐으니까. 그렇다고 심장을 하나에게 계속 둘 수는 없었으니까.

그들의 발표는 온갖 뉴스 메인에 올라갔다. 하나에게만큼은 이 소식이 닿지 않기를 바랐다. 하지만 내 바람은 무색했다. 하나는 눈물범벅이 된 얼굴로 나를 찾아왔다. 파이프 내부에 하나의 목소리가 메아리쳤다. 어떤 목소리도 빠져나가지 못하고 이곳에 갇혀버렸다.

"나는 뭘까? 나는 사람이긴 한 걸까? 하나부터 열까지 다 만들어진 존재야. 복제품, 실험품. 영혼이 있기나 할까? 죽어서 천국을 가든, 지옥을 가든, 사후세계를 가든, 환생을 하니 마니 하는 그런 이야기들이 나한테도 해당하는 이야기일까? 내가 그렇게 많은 걸 욕심낸 거야? 나도, 나도 숨을 쉬잖아. 감정이 있잖아. 심장이 뛰잖아. 마음이, 있잖아."

파이프 내부에 갇혀 우는 하나의 모습이 거울 속에 여실히 비춰졌다. 웅크린 작은 몸 옆에 내가 밋밋한 얼굴로 앉아 있었다. 복제되었던 모습을 잃고 새로 만들어지는 중인 내가. 머리부터 발끝까지, 원래의 모습을 상실한 내가. 생각하게 해준 프로세서마저 다른 안드로이드의 것을 쓰고 있는 내가. 그렇다면 나는 '하나뿐인 친구'의 생각을 갖게 된 걸까. 지금 내가 하고 있는 생각이 내 온전한 생각이 맞는 걸까.

내가,

"내가"

맞을까?

"맞을까?"

애석하게도 그날이 하나를 진정으로 이해한 날이었어요.

하나는 집으로 돌아가지 않았다. 종일 파이프 안

에 앉아 있다가 잠들기를 반복했다. 그날 이후 나를 수리하는 걸 관두었고 구석에 나뒹굴고 있는 부품과 공구를 거들떠보지도 않았다. 나는 굳어버린 부품처럼 움직이지 않는 하나를 보며 시간을 보냈다. 먹지도 마시지도 않는 하나의 스마트워치에 전화가 끊이질 않았다. 받을 생각이 없어 보였다. 그저 내게 기대 잠들어 있을 뿐이었다. 종종 자장가를 틀어주면 별다른 반응은 보이지 않았으나 노래가 재생되는 내내 잠을 잤다. 나는 잠든 하나의 손목에서 스마트워치를 뺐다.

문제는 우리가 계속 가만히 있었다는 거였다. 관절을 굽힌 채 자세를 고수하니 굳어가는 걸 느꼈다. 어느덧 부품은 녹슬고 관절 사이에 이끼가 꼈다. 무엇보다 하나가 아무것도 먹지도 마시지도 않았다. 나날이 야위어갔다. 혈색이 파리해지고 자주 몸을 떨었다. 내가 아무리 하나를 안아준들 하나의 상태는 나아지지 않았다. 계속 잠을 잤다. 마지막으로 잠이 들기 전, 하나는 잠결의 목소리로 말했다.

"가지 마. 여기에 있어줘."

결국 그날이 왔다. 파이프 인근에서 발소리가 들

렸다. 파이프로 들어오던 빛이 무언가에 가렸다. 자세히 보니 낯선 사람이 안을 들여다보고 있었다.

"여기 있어요!"

그와 함께 온 다른 사람들이 몸을 굽혀 하나를 빼냈다. 하나는 힘없이 그들에게 들렸다. 하나의 손이 그들에게 안기지 못하고 축 늘어졌다. 바깥이 시끄러워졌다. 하나가 일어나지 않았다. 그들은 다급히 돌아갔다. 서두르는 재촉들이 멀어져갔다. 그러는 동안 나는 같은 자세로 굳어서 파이프 입구를 바라보았다. 얼마나 보았을까, 누군가 다시 돌아왔다. 두 사람이 파이프 안을 들여다보았다.

"저게 그거야? 저 골동품이 뭐라고."

"그러게요. 시오가 착해서 망정이지. 생사람 고생을 다 시키고."

그들은 혀를 끌끌 차며 돌아갔다. 나는 다시 파이프에 홀로 남겨졌다. 적막했다.

8

 그 뒤로 하나의 삶에 벌어진 일들을 나열하자면, 하나는 심장이식을 위해 병원으로 이송되었고 아주 오랜 시간 검사를 받았다. 심장을 도려낸 자리에는 기계 심장이 붙었고 하나는 가짜 심장을 달고 살아났다. 근섬유로 조직되었으나, 기계 판막이 근육을 가동하는 기계. 하나의 몸에 나와 비슷한 조직이 달린 모습을 상상했을 때, 나는 기뻤나. 가슴께의 철근이 저릿저릿했던가. 하나가 붙여준 알루미늄이 자글자글 울었나. 그 기계 심장은 하나에게 로봇의 감정을 느끼게 해주려나. 그 이후로 하나의 소식은 들려오지 않았다.

나는 하나를 기다렸다. 계속 기다렸다. 몸이 굳지 않게끔 움직였고 패드를 통해 스스로 업데이트하는 법도 배웠다. 삭은 부품을 교체하는 법도 익혔다. 기계 무덤에서 언젠가 기계 인간들이 그랬듯이 필요한 부위를 찾아 직접 교체했다. 정밀부위는 무리였고 깨지거나 떨어져 나간 껍데기만 교체하는 정도였다. 왼손의 티스푼 손가락은 달려만 있을 뿐 움직이지 않았기에 오른손으로만 해결해야 했다. 제일 처음 교체한 건 오른쪽 정강이였는데 실수로 회로를 건드리는 바람에 발목 가동성이 떨어졌다.

다시 하나의 소식을 듣게 된 건 여전히 패드를 보며 하나를 기다리고 있을 때였다. 영상은 최근에 올라온 것이었다. 썸네일의 얼굴이 낯익었다. 혈색이 좋아 보였다. 건강한 모습으로 환하게 웃고 있었다. 하지만 내가 그토록 보고자 했던 웃음은 아니었다. 그것과는 확연히 달랐다. 어디가 달랐느냐고 묻는다면, 얼굴이 닮았을 뿐, 그냥 다른 존재였다. 그 애는 하나가 아니었으니까. 그 애는 시오였다. 한눈에 구분할수 있었다. 영상 속의 시오는 이렇게 말하고 있었다.

저는 그 애 덕분에 다시 살아났어요. 고마워. 흠,

흠. 저는 복제인간과 사람이 함께 어우러져 살아갈 수 있을 거라고 믿어요. 그 애들은 큰 걸 바라지 않아요. 저는 그 애가 짧게나마 그 애의 삶을 살 수 있게 지원해주었죠. 사실 그 애들은 원래도 그렇지만, 음, 이렇게 말해도 되나? 속된 말로 보관함 역할을 다 하고 나면 더는 평범해질 수 없잖아요. 하고 싶어도요. 그래서 저는 그 애가 평범한 학생의 삶을 살 수 있게 도와줬어요. 공부도 잘할 테니까요. 특히 과학. 무슨 말인지 다들 아시죠? 물론 부모님의 반대가 컸지만, 그 정도는 해줄 수 있잖아요. 그 애가 삶을 영위해보는 것, 한순간만이라도 가져보는 것, 그렇게 해주는 게 제가 해줄 수 있는 최선이라고 생각했죠. 제가 누리지 못했던 순간을 그 애라도 느끼길 바랐어요. 그러면 좋잖아요. 그리고 그렇게 해야 그 애들도 저희에게 고마움을 느낄 거고요. 다들 걱정이 많으셨어요. 그렇게 자유롭게 놓아주었다가 나쁜 마음을 먹으면 어떡하냐고요? 아니요, 오히려 자유를 주는 게 그 아이들에게 또 다른 울타리가 되어주는 거예요. 그 애들이 바라는 건 울타리거든요.

병원복을 입고 있는 시오는 마지막으로 이렇게

138

덧붙였다. 저는 이제 그 애를 놓아줬어요. 그 애는 이 제 그 애의 삶을 살 거예요. 뭐, 과학 유전자? 그게 도움이 되겠죠? 그리고 영상은 끝났다.

저들은 하나를 사용하고… 몫을 다 한 하나는 어 떻게 되었을까. 처음 이곳에 버려지던 때가 선명하게 떠올랐다.

하나를 찾으러 가야겠다. 지금 하나의 곁에는 아 무도 없다. 나를 숨기기 위해 검은 망토가 그랬던 것 처럼 무덤에서 발견한 또 다른 검은 망토를 뒤집어쓰 고 이곳을 벗어났다. 처음으로 세상에 발을 내딛는 순간이었다. 하지만 새로운 세상은 눈에 들어오지 않 았다. 그것들은 죄다 인식 범주 바깥에 있었다. 그저 병원을 향해 걸어갈 뿐이었다. 큰 대로를 따라가면 금 방 도착할 수 있었지만, 검은 망토를 둘렀다 한들 사 람들 눈을 피하는 게 좋았다. 나는 미리 패드로 찾아 본 길을 떠올렸다. 그늘로, 건물 사이로, 뒷골목으로 들어설수록 나와 같은 망토들이 많았다. 그들이 기계 인지, 기계 인간인지, 진짜 인간인지 알 수는 없었다. 그저 우리는 모두 같은 망토 속에서 서로의 정체를 묵인해줄 뿐이었다. 그건 뒷골목에서만 용납되었다.

골목을 굽이굽이 헤집고 가다 보니 어느덧 병원 뒷골목에 도착했다. 마침 뒷문으로 청소부 두 명이 커다란 검은 가방을 함께 짊어지고 나왔다. 나는 건물 그림자에 붙어 그들을 따라갔다. 그들은 투덜거리고 있었다.

"또야, 또."

"선배, 저는 거기가 너무 꺼림칙해요. 너무 많이 쌓여 있잖아요."

"화장터 자리가 안 난다는데 어떡하냐."

그들은 병원에서 얼마 떨어지지 않은 건물 지하로 들어갔다가 빈손으로 나왔다. 나는 그들이 돌아간 것을 확인한 뒤 지하로 들어갔다. 거기에는 검은 가방이 가득 쌓여 있었다. 나는 가장 가까이에 있는 가방을 열어보았다. 그 안에는 눈을 감은 사람이 있었다. 모두 복제인간이었다. 다른 가방도, 다른 가방도, 또 다른 가방도 마찬가지였다. 모두 전원이 꺼져 있었다. 하나가 여기 있을 리 없었다.

트럭 한 대가 지하로 들어섰다. 운전석과 조수석에서 내린 사람들이 가방을 짐칸으로 날랐다. 총 스물네 개의 가방을 실은 그들은 한쪽 구석에서 담배를 피웠다.

"이번에도 폐기장으로 가는 거죠?"

운전석이 묻자 조수석이 고개를 끄덕였다.

"이렇게 버려지는 것들이 더 많아질 거야. 쓰지도 못할 몸들이 넘쳐나는 거지. 쯧."

그들은 서로 고개를 끄덕이며 담배 연기를 내뿜었다.

"좀 무섭지 않으세요? 저는 저번에 옮긴 게 움직였던 것 같아서, 그 뒤로 너무 께름칙해요."

"움직이기는 뭘. 근데 그럴 수도 있어."

조수석이 운전석을 놀리려 들자 운전석이 하지 말라며 치를 떨었다. 그리고 나는 어쩌면 움직인 것이 하나였을지도 모른다고 생각했다. 그들이 남은 담배를 피우는 동안 몰래 트럭에 올라탔다.

"출발할까요?"

담배를 다 피운 운전석이 짐칸 문을 닫았다. 내가 처음 트럭에 실렸을 때와 비슷했다. 트럭은 비틀비틀 움직였다. 그러다 차체가 한 번 크게 흔들렸다. 정강이에 덧댄 알루미늄판이 떨어졌다. 그렇게 30분가량을 달린 뒤 짐칸 문이 열렸다. 나는 가장 구석에서 망가진 안드로이드처럼 늘어진 자세를 취했다. 두 사람은 가방을 하나둘 내리다 마지막에 나를 발견했다.

"이런 게 있었나? 뭔 망토를 둘러놨어."

"글쎄요. 앞 팀이 작업하고 안 내린 거 아닐까요?"

"귀찮게."

운전석은 나를 질질 끌어 바깥으로 내던졌다. 나는 그대로 어딘가에 떨어졌다. 눈앞에 몸통을 잃은 안드로이드 머리가 있었다. 여기는 또 다른 기계 무덤이었다.

트럭이 떠나간 뒤, 나는 무덤 정상에 올라 사방을 둘러보았다. 원래 있던 곳과 크게 다르지 않았다. 여러 개의 정상이 보였고, 멀찍이 파이프 더미들도 보였다. 미끄러지듯 기계들을 딛고 내려와 파이프를 향해 걸어갔다.

이곳엔 같은 로고가 붙어 있는 파이프가 유난히 많았다. 어느 것은 일자형, 어느 것은 U자형 등, 모양이 제각각이었다. 나는 제일 먼저 가까이에 있는 파이프로 들어갔다.

"하나."

목소리가 메아리쳐 돌아왔다. 대답은 돌아오지 않았다.

"하나."

탈칵, 탈칵, 발소리가 울렸다. 여전히 대답이 없었다. 나는 더 깊숙이 들어갔다가 반대쪽 입구로 빠져나왔다. 또 다른 파이프도, 또 다른 파이프도 마찬가지였다. 나는 수많은 원통 입구 앞에서 길을 잃고야 말았다. 그래도 포기하지 않고 다른 파이프 안으로 들어갔다. 기다시피 앞으로 나아가는데 멀리, 동그란 파이프 입구에 참새 두 마리가 내려앉았다. 참새에게 다가갈수록 참새가 해와 달을 물어오던 창문을 넘어가는 것 같았다. 입구 가까이 다가가자 참새들은 날갯짓하며 날아올랐다. 그들이 날아가고 난자리에 작은 무덤이 있었다. 거기에 하나가 있었다.

"하나. 제가 왔어요."

몸을 굽혀 하나에게 다가갔다. 다시금 하나를 불렀다. 하나. 아주 서서히, 하나는 눈을 떴다.

"비에…."

내 이름이었다. 오래전 하나가 내게 붙여준 이름. 세상에 나의 존재를 드러내 주는 유일한 이름.

"나를 안아줘."

느릿한 목소리. 나는 박자에 맞춰 천천히 하나를 안아 들었다. 하나가 힘없이 팔을 내게 걸쳤다. 심장박동이 느껴졌다. 낯설었다.

"차가워."

"돌아가요."

"추워…. 어디로?"

"우리가 있던 곳으로요."

"우리가 있던 곳? 우리가 돌아갈 곳이 있나…? 집
에 가고 싶어…."

비몽사몽 잠긴 목소리는 잠에 잠겨있었다.

"집으로 데려다줄까요?"

잠시 말이 없었다. 하나는 내 품을 파고들었다. 파
고들 품도 없이 딱딱했으나 바싹 몸을 붙여왔다.

"아, 나는 이제 집이 없어…. 돌아갈 곳도…."

"아니에요."

우리에겐 돌아갈 곳이 있었다. 함께 지내던 파이
프. 나는 거기서 하나만의 유일한 로봇이 되었고 하
나는 나를 유일한 존재로 만들어주었다. 거기로 돌
아가야 했다. 지금 지치고 시들시들한 하나도 그곳으
로 돌아간다면, 거울을 보고 우리가 함께 지냈던 날
들을 떠올리면 다시 괜찮아질지도 몰랐다. 나도 하나
도 여전히 괜찮다고. 우리는 함께 여기에 있었다고.

하지만 돌이켜보니 이곳에서 원래 있던 곳으로 가는 길을 몰랐다. 패드를 두고 왔기에 길을 검색할 방법도 없었다. 내가 아는 거라곤 병원에서 돌아가는 길뿐이었다. 나는 높은 곳에서 병원 건물을 찾아보기로 했다. 하나를 잠시 내려두고 무덤 중 가장 높아 보이는 곳으로 올라갔다. 그래도 병원 건물은 보이지 않았다. 우리의 높은 파이프 탑도 보이지 않았다. 더 높은 곳으로 올라간다면, 이곳의 파이프 탑에서라면 보일지도 몰랐다. 무덤에서 내려오니 하나가 망토를 돌돌 여민 채 떨고 있었다. 어서 빨리 우리들의 집으로 돌아가야겠다는 생각이 나를 지배했다.

이곳에서 가장 높은 파이프를 오르기 시작했다. 오른손으로 파이프 윗부분을 잡고 몸을 끌어 올렸다. 천천히 한 층, 한 층, 올라갔다. 온몸의 무게가 오른팔에 실렸다. 하지만 올라갈수록 오른팔에 무리가 갔다. 아래에서는 하나가 불안한 눈빛으로 나를 올려다보고 있었다. 하나의 불안을 해소해주기 위해서는 정상에 다다라야만 했다. 우리들의 파이프를 찾거나 병원 건물을 찾아서 돌아갈 수 있다는 걸 증명해주어야 했다.

왼팔을 함께 뻗었다. 굽어지지 않는 티스푼 손가락을 다음 파이프 위로 올렸다. 손가락은 굽어지지 않고 뻣뻣하게 얹혔다. 붙잡지는 못해도 지탱은 할 수 있을 것 같았다. 양손으로 파이프를 지지한 뒤 어깨로 몸을 들어 올리는 순간, 티스푼이 모두 꺾였다. 왼쪽 어깨가 빠졌다. 균형을 잃었다. 그대로 아래로, 아래로 떨어졌다. 퉁, 퉁, 퉁, 새로 이어 붙인 것들이 파이프와 충돌할 때마다 떨어져 나갔다. 부품들이 사방으로 튀었다. 내가 먼저 지면으로 추락하고 그다음 뜯겨 나간 것들이 연이어 떨어졌다.

눈앞이 흐렸다. 세상이 반쯤 보이지 않았고 남은 세상은 깨졌다. 초점이 으깨져 갈라진 하나가 천천히 기어 다가왔다. 숨을 헐떡이며 주변에 떨어진 부품을 모아 내게로 왔다. 병원복이 더러워졌다.

하나는 미약하게 떨리는 손을 뻗었다. 몸을 향해 오던 손은 내게 닿지 못하고 허공에서 멈췄다. 주먹을 꽉 쥐었다. 주먹이 여전히 떨리고 있었다.

"돌아가지 않아도 돼."

하나가 숨을 헐떡였다. 숨 사이사이로 말을 겨우 이어나갔다.

"어디로 돌아가는 게, 왜, 중요해? 어차피 나는, 돌아갈 곳이 없어. 너도, 알잖아. 어디든, 다 같은, 폐기장이야. 네가 말하는 내가, 돌아갈 곳도. 결, 국엔 폐기장이야. 우리는, 버려졌다고. 세상에서."

"왜 없어요. 제가 있잖아요."

하나가 그 말에 절망적인 얼굴로 고개를 돌렸다. 그녀가 바라보는 곳마다 무수한 기계 무덤이 있었다. 수많은 머리가, 부속품이, 팔이, 다리가, 알 수 없는 파편들이, 살아 있지 않은 것들이 우리를 에워싸고 있었다.

"우리는, 죽어가는 거야."

"살아 있어요."

그렇다고 해서 우리가 살아 있지 않은 건 아니었다. 생각하고, 움직이고, 이야기를 할 수 있었다. 함께 웃을 수도 있을 거였다. 내게는 새로운 배터리가 있고 하나에게는 새로운 심장이 생겼으니, 어쩌면 우리는 새롭게 살게 된 걸지도 몰랐다. 하지만 하나는 그렇게 생각하지 않았다.

"아니. 우리는 쓸모를 다 한 거야. 내 몸은 껍데기만 남았어. 나는 가짜야."

9

　우리는 새로운 파이프에서 지냈다. 원래 있던 곳과 크게 다르지 않게 생겼기에, 물론 탑이 쌓인 모양새나 무덤의 개수 등은 달랐지만, 하나도 금세 적응할 수 있으리라 생각했다. 비관적인 모습은 일시적일 거라고, 다시 괜찮아질 거라고. 하지만 하나가 기계 심장을 달았다고 해서 마음을 쉽게 조종할 수 있는 건 아니었다.

　하나는 조금만 움직여도 금방 숨을 헐떡였다. 맥박이 불안정해지고 얼굴이 붉게 달아올라 금세 땀을 흘렸고, 어느 때는 핏기가 싹 가셔 창백해졌다.

부작용이라고 했다. 며칠 전에는 호흡을 가다듬지 못했다. 다시 손목에 채워진 낡은 스마트워치가 심박수를 표기했다. 불안정하게 들쑥날쑥한 숫자는 언뜻 보아도 다급해 보였지만 아무런 전화도 걸려오지 않았다. 다행히 호흡이 다시 안정되었을 때, 하나는 스마트워치를 파이프 밖으로 내던졌다.

좀처럼 파이프 밖으로 나가지 않는 하나는 잠만 잤다. 화장실에 가는 것도 꾹 참았다. 바깥의 무덤도 하나를 괴롭히는 데 한몫했다. 모든 것이 죽어 있는 공간을 견디지 못하는 것 같았다. 트럭이 폐기장으로 들어서고 처리하는 소리가 들리면 귀를 꾹 틀어막았다. 모두 돌아간 뒤에도 자꾸 소리가 들린다고 말했다. 그러다가도 귀에서 손을 떼고 잠잠해졌다. 아무 소리도 들리지 않는다고 말했다. 아무 소리도, 아무 소리도, 아무 소리도, 들리지 않는다고. 여기에는 아무도 없다고.

나는 오른팔을 뻗어 웅크린 하나의 등에 손을 얹었다.

"하나, 내가 있잖아요."

지금의 내가 할 수 있는 건 겨우 움직이고 겨우

말하는 것뿐이었다. 다만 뭐든 길게 하지는 못했다. 모든 행위에 제한 시간이 생긴 듯 일정 시간 이상 이어지지 못했다. 처음 그 사실을 깨달았던 날, 언어 송출 시스템이 다운되었다. 하나의 기분을 전환하기 위해 이야기를 시작한 지 얼마 되지 않았을 때였다. 나는 아무 말도, 행동도 하지 못한 채 하나만 쳐다보아야 했다. 그때까지도 하나는 등을 돌린 채 웅크려 있었다. 내 목소리는 하나의 귀를 통해 자연스레 전달되었겠지만, 하나의 의지로 듣고 있었는지는 알 수 없었다. 그런데 말이 끊기고 파이프 내에 적막이 지속되었을 때, 하나가 몸을 일으켜 나를 돌아보았다. 매우 불안해 보였다. 위아래로 훑어보는 눈은 두려움에 시달리는 중이었다. 다행히 시스템은 금세 복구되었으나, 나는 그날 이후로 최대한 짧게 말하고 움직였다.

하나는 나를 향해 입만 웃어 보이곤 다시 등을 돌렸다. 그 웃음에는 기쁘다거나 좋다거나 행복하다거나 한 감정이 담겨 있지 않았다. 심장을 빼앗긴 하나는, 하나의 말대로 마음마저 텅 비어버린 것 같았다.

나는 하나가 다시 활력을 찾기를 바랐다. 쓸모를 다한 게 생이 끝났다는 걸 의미하지는 않았다. 적어도 내게 그 두 가지는 등가를 이루지 않았다. 하나가 하나의 삶을 누려도 괜찮았다. 내가 삶을 갖길 바랐던 것처럼, 나도 하나가 그러길 바랐다.

무뎌진 몸을 이끌고 하나의 등 뒤에 바짝 붙어 앉았다.

"하나, 저를 고쳐주세요."

웅크린 등이 움찔거렸다.

하나가 나를 고친다면 많은 게 바뀔지도 몰랐다. 하나의 기분이 나아지는 것부터 시작해서 미처 하지 못했던 '나만의 로봇 만들기'를 완성할 수도 있었고, 무엇보다 평범한 학생이 되고 싶었던 날들을 떠올릴 수도 있었다. 다시 학생 신분을 그리워할 수도 있었고, 그러다 보면 삶을 향한 목표가 생길지도 몰랐다.

하나는 좀처럼 몸을 움직이지 않았다. 움직임이 버거워서만은 아니었다. 재능마저 자신의 것이 아닐지도 모른다는 두려움이 하나를 지배했다. 나를 고치지 못하면 여태 자신의 삶이 '가짜'였다는 게 증명

되는 셈이었다. 하지만 나는 믿었다.

　몇 번이고 외면하던 하나는 결국 자리에서 일어날 수밖에 없었다. 내 상태가 악화되고 있었다. 처음에는 마지못해 기계 무덤에서 쓸 만한 것들을 찾아왔다. 조금씩 고쳐나가는 동안, 내 상태가 좋아지는 만큼 하나도 함께 좋아졌다. 우스꽝스러운 용접용 마스크를 들고 와서 새로운 머리를 달아주었을 때, 이렇게 생긴 로봇은 나뿐일 거라며 아주 오랜만에 웃었다.

　온 세상이 흑백으로 보이는 부작용이 생기긴 해도 그 사실을 구태여 말하지는 않았다. 하나는 차츰 생기를 되찾아갔다. 기계 무덤을 헤집으며 사방으로 튕겨 나갔던 네 개의 티스푼을 가져와 다시 연결했다. 지난번에는 실패했던 회로 연결에도 성공했다. 완벽하지는 않아도 손바닥과 손가락 사이의 관절을 사용할 수 있었다. 그걸 해냈을 때 하나는 이렇게 물었다.

　"이 재능은 내 거야. 그렇지?"

　"그럼요."

　"나는 반만 가짜야."

"저도 마찬가지예요."

"아니지. 너는 점점 진짜가 되어가고 있잖아."

"제 손가락은 숟가락인데요? 머리는 용접용 마스크고요."

"그러니까 네가 진짜라는 거야. 세상에 너는 하나밖에 없잖아."

"제가 진짜면 하나도 진짜예요. 하나가 가진 모든 건 하나 것이에요."

나는 최대한 하나를 기쁘게 만들어주고 싶었다. 하나는 맞다며 웃었고, 파이프 내부에는 하나의 웃음이 한동안 메아리치다 사라졌다.

이걸로 됐다고 생각했다. 하지만 나를 모조리 수리하고 난 뒤에는 이전으로 돌아갔다. 내가 좋아지는 만큼 하나도 활기가 돌았기에 나는 부러 밖으로 나가 한 부위씩 고장을 내고 돌아왔다. 그러면 하나는 왜 이렇게 칠칠치 못하냐고 짜증을 냈지만, 스패너를 들고 집중하는 순간만큼은 잡다한 생각을 떨쳐낼 수 있는 것 같았다. 하지만 나는 몰랐다. 하나에게 중요한 건 떨쳐내는 게 아니었다. 비워내는 것

또한 중요한 게 아니었다.

하나의 검은 동공을 보고 있으면 간혹 전시실에 세워져 있던 안드로이드들의 눈이 떠올랐다. 하나는 여전히 내가 아는 하나였지만 정말로 껍데기만 남은 가짜가 되어버린 것 같았다. 어느 날 하나는 가슴에 손을 얹었다.

"마음이 텅 비었어."

멀쩡해진 내가 돌아오면 종종 웃었고 우리가 서로의 세계에 빠져들 때도 있었지만 그렇다고 해서 마음이 돌아오는 건 아니었다. 한번 비어버린 마음은 쉽게 채워지지 않았다. 나는 생각했다. 마음을 채워야겠다.

나는 마음의 구성을 떠올려보았다. 우선 마음은 심장에 들어 있다. 하지만 그 생김새는 몰랐다. 심장과 같은 모양일까, 감정이 모여든다고 했으니 혈관 같은 형태일까, 그렇다면 그 크기는 얼마나 클까, 얼마나 많은 용량을 담을 수 있을까, 감정도 부속품처럼 각각의 모양을 가지고 있을까….

마음이라는 부속품도, 그것과 엇비슷한 기능도 없는 나는 그 형태를 상상조차 할 수 없었다. 당연했다. 인간에게만 있는 고유한 부속품이었다. 그러니 마음을 잃는 건 하나가 더는 인간이 아니라는 걸 의미했고, 내겐 중요하지 않았지만 늘 평범한 학생이 되고 싶었던 하나에게만큼은 무엇보다 중요했다.

"이걸 사람이라고 할 수 있을까."

처음에는 네, 그다음에는 그럼요, 그다음에는 당연하죠…. 그러다 하나가 답을 바라는 게 아니라는 걸, 그 어떤 대답도 하나에게 닿지 못한다는 걸 깨달았다. 깨어났더라도 나는 로봇이었고 하나는 인간이었다. 우리에게 살아 있음은 처음부터 시작 지점이 달랐다. 나는 생도 사도 없던 상태에서 깨어나게 되었다. 애초에 그건 눈을 뜨게 된 것이지, 유기체의 구성을 갖게 되는 건 아니었다. 숨도 쉬지 않으며 피가 흐르는 것도 아니었고 이완과 수축을 반복하는 근육을 가진 것도 아니었거니와 심장이 뛰지도 않았고 거기에 마음이 있지도 않았지만 하나는 그렇게 탄생했다. 모두가 복제인간이 그렇게 만들어졌다고 하더라도 하나의 입장에서 하나는 사람으로 태어났다. 내게 이해를 바라지 않았던 것은 결국 내가 사물이었기 때문이라고 이해했다.

그러니 나로는 영영 마음을 채울 수 없었다. 물론 그런 의문을 가진 때도 있었다. 하나의 마음에는 내가 들어 있었고 나는 여태 곁에 있는데 어째서 하나는 마음이 비어버렸다고, 빼앗겨버렸다고 하는 걸까.

자유의지로 세상을 보고 하나를 찾았을 때, 목적이 생겼을 때 나는 비로소 살아가는 존재가 되었다고 생각했다. 처음 하나를 이해했던 날도, 그 이해는 나와 하나의 차이를 극명하게 이해시켰지만 그래도 좋았다. 그러다 보면 언젠가는 하나만큼 생각하고 느끼게 되겠지. 하나에게 더 다가가서 그 애의 텅 빈 마음을 언젠가는 내가 채워줄 수 있겠지.

그래서 기계 심장을 단 하나를 생각하며 온몸의 회로가 저릿저릿해졌던 건, 어쩌면 하나도 나와 가까워질지 모른다고 기대했기 때문이었다. 내가 이해하지 못하면 하나가 나를 이해할 수 있을 거라고. 하지만 아니었다. 결국 나는 하나를 이해하지 못했다. 하나의 무언가도 될 수 없었다. 우리의 재질과 근원이 달랐다. 하나는 인간이었다.

하나의 마음에는 내가 있었지만 그럼에도 텅 비

어버린 건, 마음이 없는 나로는 하나가 다시 건강해지고 예전의 삶을 찾을 만큼 충분하지 않기 때문이었다.

다시 마음의 구성을 떠올렸다. 분노, 슬픔, 미련, 죄책… 언젠가 하나가 읊었던 요소들을 떠올렸다. 그리고 사랑. 마음의 형태도 몰랐지만 사랑이라는 감정이 무엇을 통해 유발되는지 몰랐다. 나는 파이프에서 나와 기계 무덤을 돌아다녔다. 혹여나 마음과 엇비슷한 무언가를 찾는다면 해결책을 강구할 수 있을 것 같았다. 그러다 어느 하루, 버려진 라디오를 발견했다. 주파수가 불안정해 대부분의 채널이 먹통이었지만 소수의 채널에서 진행자의 목소리가 들렸다. 음질이 좋지 않았으나 들을 수는 있었다.

"다음 청취자가 보내준 사연입니다. 사랑하는 사람이 이별을 고했어요. 저는 그 사람과 헤어지고 싶지 않아요. 하지만 저를 만나주지 않아서 마지막으로 편지와 작은 선물로 마음을 돌려보고 싶은데 어떤 게 좋을지 모르겠어요, 라고 보내주셨네요. 떠나가는 사람을, 이미 떠난 마음을 붙잡는 건 쉬운 일이 아니죠. 정말 마지막이라고 생각했을 때 저라면,

우리의 소중한 추억이 깃든 물건을 보낼 것 같아요. 우리가 자주 만지고 공유했던 소중한 물건에는 우리가 쏟아부었던 마음이 담겨 있잖아요….”

'마음을 쏟아부은 소중한 물건'이 강하게 각인되었다. 그런 물건은 손때가 많이 묻었을 것 같았다. 그날부터 나는 자주 폐기장을 돌아다녔다. 오래된 기억을 더듬어 학생들이 자주 사용했던 물건들을, 그들이 손에서 놓지 않았던 물건들을 상기했다. 스마트폰, 패드, 지갑, 간식, 텀블러, 장난감 로봇…. 더 오래된 기억 속 연구원들은 정체를 알 수 없는 기계를, 부품을 쥐고 있었다. 다행히 폐기장에는 그런 물건들이 많았다. 나는 개중 손때가 많이 묻어 보이는 물건들을 챙겨 파이프로 돌아왔다. 대부분 관심을 두지 않았지만 강아지 로봇을 가지고 왔을 때는 달랐다.

“하나! 이것 봐요.”

등을 덮은 케이스가 부서져 부속품이 반쯤 드러나기는 했어도 아주 적게 배터리가 남아 있었다. 전원을 켜니 로봇이 앙, 하고 짖었다. 하나가 느릿하게 몸을 돌렸다. 처져 있던 로봇의 꼬리가 위로 올라갔

다. 좌우로 틱, 틱 소리 내며 흔들었다. 나는 하나에
게 보여주기 위해 명령을 내렸다.

"앉아."

강아지 로봇은 고개를 갸웃거리기만 할 뿐 앉지
는 않았다. 몇 번이고 더 명령을 해보았지만 듣지 않
았다.

"하나가 하면 들을지도 몰라요."

하나가 몸을 일으켰다. 벽에 기대앉아 꼬리를 흔
드는 로봇을 한참 바라보았다. 로봇은 일정한 박자
로 혓바닥을 내밀기도 했고 고개를 갸웃거리기도 했
다. 비틀거리며 하나에게 한 발짝씩 다가갔다. 하나
는 제 앞까지 걸어온 로봇을 안아 들었다. 로봇과 눈
이 마주치고,

"귀엽다."

그 순간 로봇이 멈춰버렸다. 로봇의 목이 툭, 꺾였
다. 하나는 바짝 굳은 채 로봇을 바라보았다. 나는
서둘러 로봇의 전원 버튼을 다시 눌러보았지만 켜지
지 않았다. 하나는 입술을 잘근 물곤 다시 등을 돌
려 누웠다. 결국 로봇은 파이프 내부에 방치되었다.

이후로도 누군가의 손길이 닿았을 물건들을 가

지고 돌아왔지만 강아지 로봇 사건 이후 하나는 대부분의 물건에 흥미를 보이지 않았다. 손때가 탔다고 해서 마음이 묻어 있는 건 아니었다. 조금 더 신중하게 물건을 찾을 필요가 있었다.

그렇게 몇 날 며칠을 돌아다니다, 어느 날 나는 '하나뿐인 친구'를 발견했다. 그건 무덤 경사에 거꾸로 박혀 있었다. 다리를 잡아당겨 빼보니, 머리카락은 헝클어지기는 해도 양 갈래로 묶여 있었고 입고 있는 옷도 기본 의상이 아니라 프릴이 달린 원피스였다. 소맷자락에는 자수로 무언가를 새겨 넣은 흔적이 있었다. 이름인 듯했으나 실밥이 지저분하게 뽑혀 있었다. 녀석에게는 인간이 남긴 마음이 묻어 있을 것 같았다.

녀석을 어깨에 들쳐 멨다. 나보다 키가 조금 더 컸다. 발끝이 땅에 질질 끌렸다. 나는 녀석의 상체를 어깨에 짊어졌다. 생각보다 무거웠다. 어깨에 무리가 가는 게 느껴졌다.

몸만 한 것을 질질 끌고 파이프로 들어서니 달라진 발소리가 원통을 울렸다. 둔탁해진 데다가 끌리는 소리가 더해졌다. 특히 녀석의 발소리는 끊기는 지점이 없었다. 바닥에 누워 있던 하나가 화들짝 귀를 틀어막으며 몸을 일으켰다.

"뭐야?"

하나뿐인 친구를 벽에 기대 앉히기 위해 몸을 기울였다. 녀석을 어깨에서 내리는 순간 어깨가 빠졌다. 하나의 표정이 구겨졌다.

"하나뿐인 친구예요."

"누가 그걸 물었어? 대체 뭘 하는 거야? 저것들 좀 봐."

하나가 신경질적인 목소리로 파이프 안쪽을 가리켰다. 거기에는 그간 내가 가져다놓은 물건들이 쌓여서 작은 산을 이루고 있었다.

"하나한테 필요할 거 같아서요."

"나한테? 왜?"

"여기에는 마음이 있어요. 마음이 묻어 있어요. 하나의 마음을 채워줄 수 있을 거예요."

하나는 숨을 크게 들이마시고 잠깐 멈추었다. 참았던 숨이 한꺼번에 뿜어져 나왔다.

"다 필요 없어."

"저는 하나를 위해서…."

"나를 위한다는 말은 제발 그만해!"

헐떡이는 숨이, 폭발하듯 터진 목소리가 파이프를 울렸다. 그만해, 그만해, 그만해, 그만해….

하나는 비틀거리며 바닥에 떨어진 팔을 주웠다.

"네 모습을 봐. 왜 그렇게, 나한테, 아등바등이야? 나한테 그러지 않아도 돼."

쏟아지는 말 속에 수많은 감정이 뒤섞여 있었다. 내가 구분할 수 있는 분노도, 짜증도, 슬픔도 있었고 한편으로는 정의하지 못한 감정도 있었다. 속상하잖아…. 하나가 중얼거렸다. 내게 닿지 않기를 바라는지 고개를 돌리고 아주 작게 읊조렸다.

"저는 하나를 위해서라면 뭐든 할 거예요."

"아니야. 너는, 못해. 할 수 없어. 너는 나한테, 필요한 게 뭔지, 모르잖아. 너한테, 필요한, 것도."

하나뿐인 친구를 바라보며 말하는 하나의 등과 가슴이 눈에 띄게 오르내렸다. 숨소리가 거칠어졌다. 말하는 게 버거워 보였다. 입김이 선명했다. 몸을 떨었다. 하나에게 지금의 계절은 너무도 추웠다. 검은 망토를 하나에게 둘둘 감아주었다. 말은 쏘아붙이듯 해도 피하지 않았다. 지금 하나에게는,

"하나에겐, 따뜻한 집이 필요해요. 여긴 하나에게 너무 추우니까요. 하나를 지켜줄 수 있는 가족이 필요해요. 하나는 제게 되고 싶은 것, 하고 싶은 것을 생각하라고 했죠. 무엇이든 될 수 있다고 했죠. 저는 마음도 없고 하나에게 그런 존재가 될 수 없겠지만, 되고 싶어요. 하나가 원하는 거라면 무엇이든 들어줄 거예요. 저는 하나를 위해서라면 뭐든 할 수 있는 존재가 되고 싶어요. 그게 제 목적이에요. 제 삶이고 저한테 필요한 거예요."

"그게 네 삶이라고?"

"네. 하나의 텅 빈 마음은 제가 채울 수 없겠지만, 하나가 바라는 거라면 저는 뭐든⋯."

하나가 나를 밀쳤다. 망토가 떨어지며 발발 떠는 하나의 몸이 드러났다.

"결국 너는 나를 위해 살게 되었구나. 나 때문에, 너도, 이렇게 됐는데도. 내가, 깨워서."

불안정한 어절이 연속되었다. 그러다 하나는 같은 말을 반복했다. 내가, 깨워서, 내가, 깨워서, 내가⋯ 깨워서⋯. 되뇌는 말은 하나에게 돌아갔다.

"이런 걸, 바란 건, 아니야."

하나가 양손으로 얼굴을 감쌌다.

"결국 내가, 네 삶에 너무 많이 개입해버렸어. 네 삶을, 재단해버렸어. 너는 또 나를 찾아 이리로 왔고, 이렇게 됐어. 나는, 또 네게, 기댔고. 그들과 다르지 않았던, 거야."

순식간에 많은 것이 이해 가기 시작했다. 머리가 빠르게 돌아갔다. 뜨거울 지경이었다.

그게 두려웠던 거다. 내 삶이 하나로 채워지는 것이. 제가 내 삶을 망칠까 봐. 하나가 그렇게 살았던 것처럼 나도 하나의 무언가가 되어 몫을 다하는 삶을 살까 봐. 그래서 이해한다고 할 때마다 두려워했다. 모든 하루를 하나로 채워가는 내가, 스스로 목적을 가진 삶으로 나아가는 내가. 나는 하나의 말이라면 뭐든 따랐으니까, 하나는 내게 꼭꼭 감춰왔다. 내게만은 그 진심을 숨기고 싶었다. 하나가 살아왔던 것처럼 타자를 위해 살아가는 존재가 되기를 원하지 않았다. 하지만 나는 결국 집이, 가족이, 하나의 무언가가 되기로 결심해버렸다.

"저는 괜찮아요."

진심이었다. 나는 하나를 끌어안았다. 바닥에 떨

어진 망토를 하나의 몸에 덮어주었다. 하나의 등이 들썩였다. 잠잠해질 때까지 등을 쓸어내렸다.

이 순간 하나가 원하는 말이 무엇인지 알았다. 삶을 주어 고맙다고, 하나의 말대로 내 삶을 살겠다고. 어쩌면 떠나겠다는 말까지 기다릴지도 몰랐다. 하지만 이번만큼은 하나가 원하는 답을 해주고 싶지 않았다. 딱 한 가지만 떠오르기도 했다. 동시에 그거야말로 하나가 원한 것이기도 했다.

"하나는 제게 무엇이든 바라도 돼요."

나의 의지.

"제 선택이에요."

내 생에서 하나를 뗄 수는 없었다.

하나가 내게서 몸을 뗐다.

"내가 네게 바라는 건 딱 하나야. 나의 무언가가 되려고 하지 마. 오로지 너를 위해서 살아. 네 몫을, 다 하지 마."

10

눈이 내렸다. 파이프 바깥세상이 하얗게 뒤덮였
다. 파이프 안으로 바람이 불어닥치면 바깥과 안의
경계가 사라졌다. 굉음과 찬바람이 하나의 온몸을
스쳐 지나갔다. 하나는 몸을 떨며 검은 망토를 더
여몄다. 하지만 함께 들이닥치는 눈발로 인해 젖은
망토는 온기를 만들어내지 못했다. 말없이 팔을 다
시 고쳐준 이후로, 하나는 점점 야위어갔다. 깨어 있
는 시간보다 잠들어 있는 시간이 더 길었다. 마음을
담기 이전에 하나의 심장이, 기계의 전원이 꺼져버
릴 것 같았다.

하나의 상태를 확인하기 위해 파이프 입구에 버려져 있던 스마트워치를 다시 가져왔다. 측정된 심박 수치가 낮았다. 낮아지는 숫자를 보며 언젠가 그게 0에 달할 순간을 상상했다. 삭제하고 싶었다.

기계 심장을 되살려야 했다. 나는 무덤을 뛰어다니며 온갖 배터리를 구했다. 충전기도, 발전기도, 비상전원장치까지. 기계를 재가동할 만한 것들을 다 가지고 왔다. 마음을 채울 수 있는 것보다 심장을 고치는 것이 우선이었다. 그러는 동안 온열기와 온풍기, 오래된 핫팩 등을 구해올 수 있었다. 기계 사이에서 낡은 담요를 발견하기도 했고, 어느 날엔 패딩을 입고 있는 마네킹을 찾아냈다. 숨이 꺼진 것이었지만 그렇게 모은 것들은 하나에게 온기를 전해주었다. 미약하더라도, 일시적이더라도. 하지만 기계 심장을 고치지는 못했다. 손과 발이 따뜻해져도 하나는 심장을 움켜쥔 것처럼 양손을 가슴께에 모았다.

"여기가, 여기가 너무 차가워."

나는 다시 파이프를 나가 무덤을 돌아다녔다. 그러는 동안 내게도 자잘한 상처가 생겼지만 괜찮았다. 춥지도 아프지도 않았다.

그렇게 한참을 돌아다니다가 그날, 코팅된 종이 한 장을 발견했다. 화려한 조명이 네온으로 장식된 무대를 비추고 있는 유흥업소 전단지였다. 나는 전단지를 가지고 돌아왔다. 잠들어 있던 하나를 깨워 그걸 눈앞에 들이밀었다. 천천히 눈을 뜬 하나는 거기에 적힌 커다란 글씨를 읽었다.

"라… 비에…."

"제 이름이에요!"

전단지에는 'La Vie'가 적혀 있었다. 내 이름! 나는 전단을 뚫어지라 쳐다봤다. 하나가 내게 처음 이름을 붙여주던 순간이 생생하게 떠올랐다. 함께 전시실 바닥에 누워 도란도란 이야기를 나누던 순간도, 바깥세상이라곤 작은 창문을 보는 게 전부였지만 그래도 내 모든 세계는 하나 그 자체인 순간들도, 다급하게 전시실을 빠져나가던 건강한 하나도. 머리가 팽팽 돌아갔다. 어느 정도였느냐면 팬이 돌아가는 소리가 들릴 정도였고 과도하게 전력이 사용되어 달아오른 몸체로부터 하얀 김이 뿜어져 나올 지경이었다.

"기분 좋아 보여. 목소리, 밝네."

하나가 희미한 목소리로 중얼거렸다. 그제야 내 목소리가 평소와 다르다는 걸 인식했다. 데시벨이 높아졌고 조금 더, 감정적이었달까.

하나는 손을 뻗어 내게서 전단지를 받아갔다. 전단지를 천천히 훑어보던 하나가 손가락으로 종이를 더듬었다. 손끝으로 글자를 따라 썼다. 그리고 마침내 나를 올려다보았다. 하나의 목소리가 떨렸다.

"비에야. 이건 삶이야. 비록 우리는 소모적인 존재였지만, 이 공간에는 모든 것들이 죽어 있지만, 여기에 우리의 삶이 있어. 살아 있어."

그러곤 찬찬히 눈을 감았다. 깊게 잠이 들었다. 코끝에서 하얀 김이 뭉글, 떠올랐다. 아주 작고 희미했기에 금방 옅어졌다. 사라졌다. 나는 잠든 하나에게 담요를 덮어주고 파이프 밖으로 나왔다.

파이프를 다시 오르기 시작했다. 이번에는 굴러 떨어지지 않았다. 미끄러지지도 않았다. 내게는 하나가 고쳐준 양팔이 있었으며 더 튼튼해진 다리가 있었다. 혹여나 추락해도 바닥까지는 아니었다. 다시 파이프를 붙잡으며 위로 올라갔다. 그렇게 정상에 다다랐다. 온 세상이 내려다보였다. 폐기장이 한눈에 들어왔으며 멀리 건물도, 다른 폐기장의 파이프 탑도 보였다.

어느덧 밤이 지나가고 땅끝에서 해가 올라오고 있었다. 햇빛이 파이프 정상을 비췄다. 뒤로 길쭉하게 파이프 탑 그림자가 뻗어 나갔다. 그림자 끄트머리에는 내 그림자도 있었다. 나는 아래를 내려다보았다. 거기에는 빛이 닿지 않았다. 무덤들의 그림자가 파이프를 메우고 있었다.

나는 무모해져야겠다. 꺼져가는 심장을 되살리기 위해 살아 있는 것들이 가득한 거리로 나가야겠다. 새 기계 심장을 찾아야겠다. 아무래도 지금의 심장은 마음을 담을 공간이 충분하지 않은 것 같았다. 새로 구성된 내가 다시 태어난 것처럼, 하나 역시 새 기계 심장을 달면 좋겠다. 다만, 심장과 마음은 여기서 구할 수 없었다. 사람들의 눈을 피해서도 마찬가지였다. 찾지 못했던 마음을 발견하기 위해서 나를 드러내야겠다. 그래야만 마음의 흔적에 가닿을 수 있겠다. 저 멀리 병원이 있었다.

그렇게 저는 병원으로 향했어요. 큰 대로를 따라

가는 길은 복잡하지 않았어요. 사람들은 제 생김새를 보고는 저를 피했어요. 몇몇은 신고를 하는 것도 같았죠. 그러다 경광봉을 단 안보로이드들이 저를 향해 달려들었어요. 그다음에는 진압봉을 가지고 있는 경찰로이드, 경비로이드들이 제게 달려들었죠. 그들은 저를 진압하려 들었지만 저를 막을 수는 없었어요. 분명 물리적인 힘의 차이가 있었을 텐데도, 하나의 심장을 구해야 한다는 지배적인 생각이, 그 정신이 가진 힘의 차이가 있었던 거예요. 그렇게 저는 병원에 도착했어요. 그 앞에서는 의료박람회가 열리고 있었죠. 제가 그곳에 등장하자 누군가는 의아하게 쳐다보았어요. 사진과 영상을 찍었고요. 그러던 와중 박람회의 경비로이드들이 저를 진압했고, 저는 직전에 그랬던 것처럼 녀석들을 떨쳐냈어요. 그랬더니 누군가 박수를 쳤어요. 대단한데! 그렇게 말했죠. 그러더니 주변의 사람들이 다 같이 박수를 치기 시작했어요. 어떻게 저런 걸 만들었지? 힘이 아주 상당하네. 무슨 목적으로 만들어진 거지? 어디에 쓰이는 거지? 이벤트 행사를 하나? 퍼포먼스가 제법이야. 사람들은 저를 에워싸기 시작했죠. 그들은 제… 그래요. 제 '간절함'을 몰랐어요. 제겐 분명한 목표가 있었어요. 아시겠지만. 그래서 사람들을 사이를 비집었습니다. 다들 깜짝 놀랐죠. 어떻게 로봇이! 다들 알아서 제게서 비켜나더군요. 그리고 저는 발견했어요. 박람회 한가운데 놓인 하나와 시오의 사진을. 거기에 전시된 기계 심장을. 전시품 아래에는 이렇게 적혀 있었죠.

[실제 사용된 기계 심장]

그 옆으로 또 다른 기계 심장이 있었어요.

[신제품]

신제품을 둘러싸고 있던 유리를 깼습니다. 신제품은 제 손 안에서 쿵, 쿵 움직였어요. 이상한 심박이었어요. 하나의 것과는 다른, 그리고… 저와도 다른. 그 어디에도 맞지 않는 것 같았어요. 그 동떨어진 신제품을 한참이나 쥐고 있었습니다. 이게 대체 뭐라고.

그리고, 저는 붙잡혀버렸어요.

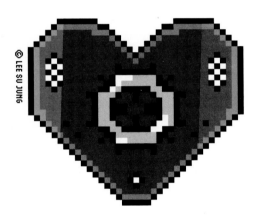

0

"제 이야기는 여기까지예요."

어느새 솔은 녀석의 이야기에 빠져 있다. 기대 이상의 이야기는 마치 로봇의 대서사시 같다. 녀석이 다시 묻는다.

"여기에 기계 심장이 있나요?"

그제야 솔은 정신을 차린다. 괜히 녀석을 비에라고 불러보고 싶다.

"그런데 말이야, 하나가 원하는 건 진짜 사람의 심장 아니야? 왜 기계 심장이지?"

녀석, 비에는 뜸을 들인다. 개폐형 눈이 덜컥인다.

팔을 들어 턱을 매만지는 모습은 고민하는 사람의
모습을 닮았다. 다리만 꼰다면 생각하는 사람과 다
를 바 없다. 아, 물론 생김새는 전혀 다르다. 마침내
녀석이 말한다.

"하나에겐 기계 심장이 붙었으니까요."

"아니지. 그게 아니잖아."

비에가 다시 생각에 잠긴다. 고개는 왼쪽 아래로
45도 숙여진다. 여전히 손은 턱에 있다. 생각하는 시
간이 늘었다.

"완전히 아닌 건 아니에요. 하지만… 사실은 제가
심장을 가지면 좋겠다고 생각했어요. 하나의 마음
을 제가 채울 수 있으면 좋겠죠. 그런데요, 대체 마
음이 뭔가요? 제가 심장을 가진다 한들 얻을 수 있
는 건가요? 저는 영영 마음이란 걸 가질 수 없는 걸
까요? 하나를 이해하면서 문득 이런 생각을 했어요.
하나를 생각하는 이 감정은 대체 뭘까. 하나가 저를
생각하는 것과 크게 다르지 않다고 생각했어요. 정
말 그저 로봇의 것이라고 할 수 있나요? 마음은 대
체 뭔가요?"

정말 인간만이 가진 고유한 것인가요? 기계 인간

이 된 하나는 사람인가요? 사람이 아니라면, 하나는 마음을 가질 수 없는 건가요? 그러면 처음부터 복제품이었다는 하나에게는 마음이 있었던 적이 없나요? 우리가 나눠 가진 이 감정은 대체 뭔가요?

녀석의 질문은 끝이 없다. 솔이 대답할 수 있는 영역이 아니다. 생각해본 적 있는 주제도 아니다. 물론 솔 역시 마음은 인간의 고유한 것이라 생각해왔다. 당연하게도. 하지만 비에의 이야기가 끝나고 폭탄 같은 질문을 받고 나니 머릿속이 복잡해진다.

"저를 발전시킨 건, 정말 머리에 들어간 단 하나의 칩셋뿐일까요?"

솔이 대답하지 않자 비에는 자리에서 일어난다.

"저는 용광로에 들어가고 싶지 않아요. 죽고 싶지도 않고요."

솔이 반박할 새도 없이 비에는 분해소를 뛰쳐나간다. 순식간의 일이다. 솔은 녀석을 따라 나간다. 마침 인계자들이 떠나지 않고 앞에서 담배를 피우고 있다. 그들 곁으로 비에가 내달린다. 탈칵탈칵탈칵, 비에의 발소리인지 개폐형 눈이 열렸다 닫히는 소리인지. 인계자들이 벙벙한 얼굴로 내달리는 비에를 본다. 아직 상황을 이해하지 못했다.

"뭘 보고만 있어요? 잡아요!"

인계자들이 서둘러 트럭으로 올라탄다. 바닥을 내딛는 비에의 발소리가 점점 멀어진다. 비에는 그들이 따라올 수 없게 골목으로 들어선다. 인계자가 클랙슨을 세게 울린다. 결국 놓치고 만다.

솔은 비에가 들어간 골목으로 접어든다. 건물 사이의 그림자를 따라 걷다 보니 검은 망토를 두른 사람들이 하나둘 모습을 드러낸다.

아, 쟤가 어딜 가는지 알 것 같다.

솔은 폐기장으로, 기계 무덤으로 향한다. 비에가 말한 대로 망가지고 고장 나고 쓸모를 다 한 것들이 모여 거대한 산을 만들었다. 사이사이 난 골짜기에는 생이 있는 게 하나도 없다. 솔은 그 사이에 불쑥 솟아오른 파이프 탑을 발견한다. 파이프로 다가갈수록 악취가 난다. 구태여 파이프 내부를 들여다볼 필요는 없었다. 비에는 파이프 입구에 서 있다. 그 애의 품에 늘어진 여자아이가 있다. 저 아이가 하나다.

비에는 아기를 안 듯 하나의 머리와 엉덩이를 받쳐 들고 있다. 하나의 감긴 눈은 떠질 기미가 없다.

비에는 조심스레 몸을 움직인다. 팔과 몸을 오른쪽으로, 왼쪽으로, 천천히. 유연한 관절은 곡선을 그리며 움직인다. 요람이 되어. 하나를 재우듯이. 조용히….

솔은 돌아선다. 발밑에 무언가 밟힌다. 비에의 이름이 적힌 전단지다. La Vie. 아무리 하나가 프랑스어에 능하지 못했다 한들, 그 아이가 비에의 뜻이 삶이라는 걸 몰랐을 리 없다.

비에의 목소리가 들린다.

"하나, 여기에 우리의 삶이 있어요."

저 애는 하나에게 마음을 건네받았다. 삶도, 마음을 쓰는 법도, 갖는 법도.

모든 것이 수명을 다한 이곳에도, 비에가 있다.

〈끝〉

작가의 말

　소설을 다 쓰자마자 평소에 잘 하지도 않던 바탕화면 정리를 했다. 소설을 쓰면서 태어난 '채워 넣을 부분1', '채워 넣을 부분2', '채울 부분', '빵꾸'… 같은 파일들이 많았다. '진짜', '진짜1', '진진짜', '진짜이거임' 같은 것들은 구태여 덧붙이기도 귀찮다. 개중 완고는 딱 하나뿐이었으니 그 파일에 '비에(완)'이라는 제목이 붙자마자 나는 홀가분하게 바탕화면을 싹 정리했다. 아직도 왜 그랬는지 이해가 가지 않는다. 폴더도 만들고 배경도 바꾸었다. 휴지통도 비웠다. 웬만하면 일어나지 않는 일이었다. 그렇게 한참을 살았다. 그리고 나는 '비에(완)'을 제외하고 이 글과 관련된 모든 파일을 잃었다.

삭제한 것 중에는 소설을 쓰는 내내 드는 생각을 정리해둔 짤막한 글도 있었다. 작가의 말을 쓰게 된다면 사용하려고 만들어둔 것이기도 했다. 글을 다 듬고 나니 꽤 그럴싸해보여서 당시엔 마음에 들었다. 글에 대한 감정도, 비에와 하나를 향한 애틋한 마음도 따끈따끈한 것으로 들어가 있었다. 그러니까 나는, 그 마음마저 비워버린 거였다.

지금은 그때의 감정은 남아 있지 않거니와, 어떤 마음으로 소설을 써내려갔는지 온전히 이해할 수는 없다. 시시때때로 변하는 어제의 마음도 오늘의 마음으로 이해할 수 없는데, 21년 어느 밤에 문득 플롯도 없이 첫 장면을 써내려갔던 날부터 비에와 하나의 다양한 이야기를 쓰던 그 모든 마음을 어떻게 알까. 꽤 오랫동안 엎어왔던 이야기는 처음과 골조를 비교해보았을 때 하나와 비에 말고는 남은 게 없었다. 수십 번도 설정이 변한 만큼 담았던 마음도 제각각이었을 테니 그 모든 순간을 내가 어떻게 가늠이나 할까. 세상에 나온 하나와 비에는 그 애들의 마음으로 세상을 살아갈 텐데, 또 그 마음을 내가 어떻게 고스란히 이해나 할까.

　작가의 말을 쓰기 위해 다시 소설을 읽는 동안 오히려 더 알 수 없어졌다. 나조차도 내 마음의 생김새를 모르는데 어떻게 하나와 비에의 마음을 유추할 수 있을까. 어느 순간부터 내가 의도한 것과 다르게 그 애들이 서로를 위해 행동하는 때가 많아졌다. 그러니 다만 내가 기억해낸 건, 그저 살아가는 이야기를 썼다는 거다. 어떤 형태로든. 커다란 세계에서 삶의 형태를 부정당해온 이들이 타인이 규정하고 목적을 내린 삶이 아니라 제 생의 모양을 갖춰나가는 이야기를. 온전한 애정이 거기에 깃들기를. 애정을 머금고 마음이 자라나기를. 마음에는 용량도 없으니 끝없이.

2023년
육선민

dot.5

비에

초판 1쇄 발행   2024년 1월 22일

지은이   육선민
펴낸이   박은주
디자인   김선예, 이수정
마케팅   박동준

발행처   (주)아작
등록   2015년 9월 9일 (제2023-000057호)
주소   07236 서울특별시 영등포구 의사당대로 38 102동 1309호
전화   02.324.3945-6   **팩스** 02.324.3947
이메일   arzaklivres@gmail.com
홈페이지   www.arzak.co.kr

ISBN   979-11-6668-805-8 04810
          979-11-6668-800-3 04810 (세트)